激動の時代を走り抜けた最後のアナーキスト
風の中の真実を聞け

青息

栗林 英一

企画構成　　　　株式会社ヴィサージュ
編集協力　　　　脇　昌彦
挿絵　　　　　　脇　昌彦
装幀　　　　　　溝上 なおこ

取材協力　　　　栗林 英子
　　　　　　　　栗林 三郎
　　　　　　　　林　俊夫
　　　　　　　　坂川 圀明

※この作品は栗林英一氏が書き残した多くの書簡、
作品、資料を基に、脇昌彦が書きおろしたものです。

目次

はじめに

大正末から昭和初期にかけて、日本は急速に軍事国家への道を進んでいった。昭和七年（一九三二年）の五・一五事件、昭和十一年（一九三六年）の二・二六事件を経て満州、中国大陸へ侵攻して、張作霖爆殺事件、柳条湖事件を引き起こし中国大陸を侵略し始めた。そして傀儡《かいらい》国である満州国を建国した。

国内では第一次世界大戦の反動から深刻な不況の波に見舞われ、渡辺銀行の取り付けが起こり東京証券取引所の株が暴落した。いわゆる昭和恐慌で、数多くの企業の倒産が連鎖的に発生して激しい経済不況に突入していった。

この激動する戦争の時代に同期するように、栗林英一は大正十二年（一九二三年）に北秋田市で誕生し、その戦争の荒波の中で満州渡航、徴兵されて北千島の占守島の激戦、シベリヤに抑留と青春時代を翻弄されて、帰国後は故郷を捨てて上京して苦難の生涯を送った。

幼少期は警察官である父とともに秋田県内を何度も転校をして過ごして、そして中学を卒業すると、秋田日満高等工業学校から満州に渡り大連市の日系企業に就職をした。病気や自殺未遂で一年後に秋田に帰郷、間もなく一八歳で徴兵され、陸軍第五軍第九十五師団の第十七連隊に配属されて最北端の北千島守備隊に配属された。

昭和二十年（一九四五年）八月十五日の敗戦の三日目に、突如攻め込んだソ連軍と第十七師団は激烈な戦闘をした。いわゆる占守島の戦いであった。多くの犠牲者を出したが、英一は生き残り捕虜となってシベリヤに抑留された。

四年後の昭和二十四年（一九四九年）にシベリヤ抑留から秋田に復員、地方新聞の編集をしながら小説を書きその処女作が受賞、そして上京して小説家を志望したが、生活苦のゆえにたちまちのうちに挫折している。

以後十年ほどサラリーマン生活をしたのちに、四十歳ごろに退社し、会社を起こした。競争社会の中に頼る組織も縁故もなく、徒手空拳《としゅくうけん》とも言える独立であった。しかし生来の才能と努力と不屈の意志でそれを成功させ、企業の市場動向の調査とその販売促進情報誌を発行する会社を立ち上げた。（株）ルプレザンテ社である。

彼の生来の優れた資質はそこで十二分に発揮され、この業界の中でルプレザンテ社は急速な発展を成し遂げた。戦後のどさくさの中で貧窮に耐えて悪戦苦闘をし、血の出るような努力をした結果であった。

その頃からの二十年ほどは経済的にも豊かになり彼は充実した幸福な時代を迎えていた。しかし激しい仕事の連続が引き金となって、突然癌に侵される。やむなく会社を解散して、闘病の傍にレストラン経営や住宅賃貸業に転換した。

そして若い頃に夢を託した文学への道を歩み始める。誰もが書いていない日本の戦争を総括する長編小説書を書こうと思い立ち、癌の不安を打ち消すかのごとく、そこへ鬼気迫る熱意と努力を注ぎ続けた。家族の献身的な介護にも支えられて、多くの戦友や関係者と往復書簡を残した。

彼の内面に与えた戦争の傷跡は想像以上に深く、それゆえに屈折して悩み懊悩《おうのう》する。国家はそこに所属する個人の生活を守り保障するが、一方では戦争に駆《く》り出し虐待、抑圧して死を強要する。他国に出兵させられた兵士は残虐な加害者になり、そして敗れれば暴行され虐殺される。

それらの複雑な悲劇をもたらす戦争というものを、自らの過酷な体験をもとに総括する小説を書きたいという強い願望に支えられて、二十年もの歳月を闘病しながら戦い続けた。

栗林は幼少期から多くの小説や詩を読み生涯文学青年でもあった。大正ロマン、モダニズムの中で育まれた多くの作家や詩人の影響を受け、プロレタリア文学やアナーキストの洗礼も受けて、詩や小説を書いて文学に夢を託していたことが、残された多くの書簡からうかがわれる。シベリヤ復員後に新聞社に投稿した処女作品『窓にて』が受賞している。これを契機に小説家を夢見て、当時は新進作家であった多くの文学者と交流していた。

鶴田知也：第三回芥川賞受賞、農民文学者、同人誌「秋田文芸」を共に創刊

椎名麟三：芸術選奨文部大臣賞受賞、芸術奨励賞受賞　作品指導を受ける

野間宏：「真空地帯」毎日出版文化賞受賞　作品批評を依頼している

林京子：群像新人賞、第七三回芥川賞受賞　林俊夫氏の妻、林俊夫氏は朝日新聞の記者、往復書簡多数。

栗林英一は鋭い感性と知的な洞察力に恵まれていたばかりではなく、理不尽な国家や体制に対する反骨精神を貫き、生涯孤独な戦いを挑み続けた不屈の人であった。

その一生を幼少期から辿《たど》るとともに、残された数多くの書簡や資料を元に、書こうとしてどうしても書けなかった思いをここに少しでも再現して後世に伝え、併せて献身的に介護をしたご家族への顕彰碑《けんしょうひ》としてここに残したい。

一　おいたち

栗林英一は大正十二年（一九二三年）北秋田市土橋で父栗林哲二の長男として誕生した。母はトクヨという。英一の上に年の離れた長女栄子と次女哲子がいて、下に次男勇二、三男勇、そして一番下に三女和子の六人兄弟であった。

栗林家は仙北郡美里町六郷の代々続いた大地主で、父の哲二はそこの六人兄弟の末っ子であった。

秋田県の中心部には秋田一の大河、雄物川が流れている。南東部の奥羽山脈の麓《ろく》からの水を集めて、流域の広大な米どころの水田を潤しながら流れ下って、秋田市の南で日本海に注いでいる。

この川は米や多くの農産物、名産の杉や檜などを運ぶ秋田の大動脈であった。この中流の横

手盆地の入り口に仙北郡はあった。田沢湖から角館をへて流れ下ってきた玉川との合流するところにある広大な水田地帯である。

戦前の秋田は日本でも有数の地主王国だった。五十ヘクタール以上の田畑を所有する大地主が二百人以上もあったという。特に仙北郡は米どころ横手盆地の中央に位置しており、雄物川の水運を利して早くから商品経済が発展したところだった。そのために大地主が多くできたという。栗林家もこうした地主の一つであったらしい。

その栗林家の六男の父哲二は秋田県立農業学校養蚕《ようさん》別科を卒業、町役場に勤め養蚕《ようさん》の指導員になった。二十二歳の時に秋田県警察署に採用されて、その後巡査部長となり秋田各地の派出所勤務を命ぜられて、その都度数年ごとに家族を連れて転勤を繰り返していた。

栗林英一の小中学校時代は、その父の転勤で何度も秋田県内各地に転校をした。短いところは一年、長いところでも三年で転校したという。

秋田は豪雪地帯である。日本海から吹き渡ってくる湿気を含んだ風は奥羽山脈にぶつかり、激しく雪を降らせる。横手盆地の仙北郡や横手市、秋田湯沢市は日本でも有数の豪雪地帯だった。夏にはその湿気は低い雲となって流れてきて日差しを遮《さえぎ》る。秋田の都道府県別の日照時間は、日本で最も少ないと言う。色白の秋田美人の所以《ゆえん》がここにあるとも言われている。

江戸時代には北前船の航路にあたり京都、大阪との繋《つな》がりが深く、文化的な影響を強く受けていた。特に秋田市内や角館では服装や言葉遣いも繊細で、洒落た気風があった。今も残っている角館の街並みは城下町の町割りの形を今に残して小京都と呼ばれている。

古代からも出雲との関わりも深く、青森や秋田訛《なま》りのズーズー弁は出雲訛《なま》りがその元であると言われている。大和朝廷が成立して間もなくの七百三十三年ごろには、この蝦夷《えぞ》を支配する橋頭堡《きょうとうほ》として出羽柵が作られた。今の秋田城址《じょうし》である。

このように秋田は古代から中央との繋《つな》がりが深く、その影響で秋田の人たちは京風の文化の影響を受け学問をよくして知的であった。その反面おしゃれで享楽的、見栄っ張りが多いとも言われている。どういう理由かは不明だが、都道府県別の自殺率が日本一高く、交通事故死の六倍にもなるという。

栗林英一の幼少期はこうした秋田の風土や歴史の中にあって、当時としては比較的裕福な家庭で多くの兄弟に囲まれて育っていった。父の転勤で各地に転校を重ねるが、常に成績は優秀であった。早熟で早い頃から読書に親しみ、中学の頃には多くの書物を読むようになっていた。プロレタリア文学やアナーキスト達の作品を好んで読んでいた。人の言うことを聞かない、きかん気の暴れん坊で、両親や姉たちを困らせることが多かったと言う。書簡の中で、私の人生では、何度か自分でも訳のわからない感情に取り憑《つ》かれて、狂ったようになってしまったことがあったと書いている。何者かに憑依《ひょうい》されたと書いてあり、最初は七歳の頃だったという。

秋田の阿仁合という鉱山の町に住んでいた時だった。中秋の名月の晩のお盆の祝いの時だった。御膳の上には梨や栗、お菓子などが山のように飾られて、その前に父母と兄弟六人がみんな集まっていた。母や女兄弟は皆浴衣を着て、三人の男兄弟や父親も華やいだ気分だった。そんな談笑の中で母が楽しそうに言った。

「誰か裏山のお稲荷さんを詣でて、そこのお狐さんを持って帰って来たら、このお膳の上のものはみい～んなあげるよ」

母親が男三人の中でひ弱な長男の英一を叱咤《しった》しようと冗談半分に言ったのだ。裏山の頂上近くにある小さな稲荷神社の中の小さな石の狐を持って帰るのだ。それを聞いて英一は、突然山奥の破《やぶ》れ寺に向けて一人で駆け出した。大声で「冗談だよ！」と呼ぶ家族を尻目に、ホタルの飛ぶ薄暗い畦道《あぜみち》を駆け抜けると、真っ暗な山道を探るようにして登った。暗闇《くらやみ》の杉並木の参道は薄明るい空を頼りに登って行った。真っ暗な稲荷神社の祭壇を手探りして、石の狐を両手に抱きかかえると、一目散にもと来た暗い道を駆け下った。英一の背中には真っ赤な火が燃えていた。家に持ち帰って両親兄弟の前にそれを突き出すと、みんな怯《おび》えるような顔で英一を見ていた。

この時、自分が何者かに憑依《ひょうい》されていたと書いている。そして、その時に内心で、両親と家族を捨ててしまったという。

自分は人生で三度何者かに憑依《ひょうい》された経験があると書いていて、これが最初だったという。この七歳の時に両親と家族を捨ててしまったというのは、穏《おだ》やかではなく、それがどういうことだったのかはやがてわかってくる。

二　東北大凶作・昭和恐慌と戦争への足音

　栗林英一が小中学校を過ごしたこの時代の日本は、日清、日露戦争の戦勝によって中国大陸への橋頭堡《きょうとうほ》を手に入れ軍備を拡張して、世界の強国と肩を並べ始めた時代だった。

　大正三年（一九一四年）に第一次世界大戦が始まり、日英同盟を結んでいた日本はそれに参戦して、ドイツの青島などの植民地を占領し太平洋の島々を手に入れた。この戦争の主戦場はヨーロッパで、死者は一千万人以上とも言われる過酷な戦争だったが、日本はドイツ領の青島や太平洋の島々を攻略をしたが、ほとんど犠牲者も出さずに終わった。むしろヨーロッパの戦争の特需の恩恵を受けて好景気に沸いていた。日本の株式市場は活況で価格は暴騰した。国内の産業は繁忙《はんぼう》して街は好景気で沸き返っていた。

　都市周辺に多くの工場が建設されて、鉄道や道路が急速に普及し商業が発展した。アジアの国で唯一欧米列強に肩を並べた国としての意識が高まっていた。

都市部では西欧文化の影響を受けた文学や思想、音楽、絵画が活況を呈して、いわゆるモガ・モボと言われる人々が多く輩出した。銀座のカフェやダンスホールが繁盛して、生まれて間もない映画に人気が集まり映画館が賑わっていた。

人々は長い間の封建的な制度や物の考え方から解放されて、個人主義や自由恋愛などが唱《とな》えられて自由な生き方が主張され始めた時代であった。

文学では白樺派と呼ばれる多くの文学者や画家が輩出した。志賀直哉、有島一郎、里見弴、柳宗悦、そして中川一政や梅原龍三郎などの画家たちであった。思想的には自由主義や共産主義、アナーキズムが若者や知識階級に受け入れられて、一種のブームになった。

この時代は大正デモクラシー時代とも呼ばれていて、爵位を持たない「平民宰相《さいしょう》」原敬が日本初の首相となり、普通選挙運動や、言論・集会・結社の自由を求めた運動が盛んになった。部落差別解放運動、労働運動や反戦運動も活発になっていた。自由教育の獲得や大学の自治権獲得運動などの様々な社会運動も起こった。しかし期待された改革もあまり進まないうちに、原敬は大正十年（一九二一年）に東京駅構内で暗殺された。犯人は鉄道省に勤務する中岡艮一で、事件後異例の速さで裁判が行われて、無期懲役になって服役をしたが、その後の三度にわたる恩赦で昭和十年（一九三五年）には出獄して、満州の陸軍指令部勤務になり、戦後帰国してイスラム教の学者になって無事暮らしている。彼は右翼の頭山満の玄洋社との関係が疑われていた。

そんな大正ロマン主義もしくはモダニズムと言われた一見華やかな時代は、天皇独裁の日本国家が密かにアジア侵略のために軍事的にも思想的にも準備をし始めた時代であった。この厳しい戦争の合間に訪れたひとときの小春日和の好景気は、やがて第一次世界大戦が終わり、軍需景気が収束するとともに激しい反動不況になった。大正十二年（一九二三年）の関東大震災がそれに追い打ちをかけた。

昭和に入ると渡辺銀行の取り付け事件、東証株式の暴落、ニューヨーク株式の大暴落が続いて、経済は急速に未曾有の不況に突入していった。

その不況と歩調を合わせるように、日本軍は朝鮮から満州に急速に進出していった。日本の謀略《ぼうりゃく》による昭和三年の張作霖爆殺事件、昭和六年には柳条湖事件が引き起こされ、満州事変が始まって日本は中国大陸への侵略を始めていた。

その頃になると、国内では特高警察が全国に設置されて激しい言論弾圧が行われた。共産党や自由主義者、アナーキスト、労働運動がその主な対象になった。右翼による暗殺も頻発する。昭和八年には「蟹工船」の著者であるプロレタリア作家の小林多喜二が特高による拷問で虐殺される事件が起きた。

こんな時代の中に育った賢くて早熟な青年の栗林英一は、大正モダニズムの影響を大きく受けていた。彼の以下の書簡を読むと、どんな本を読んでいて何を考えていたかよくわかる。

ちょうどその頃は日本でもダダイズムの風が吹いていて、シュールレアリズムがもてはやされていた。西脇順三郎とか北園克衛、瀧口修造、上田敏などの詩集の単行本を読んでいた。上海にいたプロレタリヤの金子光晴の詩集、小林多喜二の蟹工船も読みました。アナキストの岡本潤や辻潤なども雑誌で読んだのです。当時の大連が日本のモダニズムの発祥地だったことも

知っていました。でも好んで読んだのは萩原朔太郎の詩でした。

小林多喜二は秋田県の大館市の貧しい小作農の出身であり、叔父の援助で北海道の小樽商大で学んだ人であった。一九二九年に「蟹工船」で一躍プロレタリア文学の騎手として文壇に登場して脚光を浴びた。英一の少し前であったがほぼ同時代で同郷であった小林多喜二の影響を強く受けたのは想像に難くない。

英一は晩年に小樽の小林多喜二記念館を訪れている。

東北地方は江戸の時代から繰り返し凶作に襲われた。明治時代には二十四回の凶作があったという。

昭和六年～九年には季節外れの寒さが続き、間に一年の豊作を挟んで三年続きの大凶作になった。その間の一年の豊作がかえって仇になって、米の価格が急落し、その上に世界恐慌によって生糸の国際価格が暴落した。その頃の農村の現金収入の半分以上は養蚕《ようさん》に頼っていたから、二重の打撃になった。

生活資金に苦しんだ農民は多額の借金漬けになり一層窮地に追い込まれた。昭和農業恐慌と言われる悲惨な状況になった。貧しい農民は各地で飢餓状態に追い詰められて、地方によっては餓死者まで出る事態になっていた。男は口減らしのために都会に出稼ぎに行ったが、経済恐慌の最中で工場は閉鎖、倒産が多発してそれも困難であった。

「大学を出たけれど」という小津安二郎監督の映画があったが、当時エリートで同世代の数パーセントでしかなかった大学生の就職率ですら、三十パーセントほどだった。困窮した農村からはるばる都会に出稼ぎに出てきても、就職は容易にできなかった。彼らは田舎に帰る金もないので、ルンペンになって街にあふれていた。国に帰っても飢えるだけだった。

東北の農家では窮乏《きゅうぼう》のあまり娘を身売りする家が多かった。工場や女中奉公に出す約束をして、一年分の俸給を親が受け取る。中には売春婦として売られる娘もあった。

小林多喜二の『蟹工船』には、地獄と言われ生きて帰れないかもしれない蟹工船の工員になる秋田、青森、岩手の農民の様子が描かれている。

朝暗いうちから畑に出て、それで食えないで、追い払われてくる者達だった。長男一人を残して。それでもまだ食えなかった。女は工場の女工に、次男三男もどこかへ出て働かなくてはならない。鍋で豆を炒るように、余った人間はドシドシ土地から跳ね飛ばされて市に流れ出て来た。

蟹工船は過酷な仕事で生きて帰れないかもしれないと知りながら、応募すればその日から事務所から食費が出て食えるようになったから、食い詰めて後先もなく応募する人が多かったという。

『昭和東北大凶作』山下文雄著に、秋田魁（さきがけ）新聞の記事が転載されている。秋田横手駅から身売りされて上野に行く少女達の記事である。

悲しみを乗せた身売り列車

秋田県横手駅発三時四十一分上野直行は身売り列車だ。銘仙の着物に白足袋、斑《まだ》らな白粉が一見してすぐそれと分かる。『離村女性』が歳末が近づくに伴い毎日のように身売り列車で運ばれ、駅の改札員を驚かしている。昨年までは三日に一度か五日に一度程度の離村女性だったたが、最近では毎日のように、しかも数名ずつの集団の出稼ぎが改札員の目を見張らせるほどである。

大部分が女工であるが、口入屋に伴われて売笑街へ向かう可憐な女性が約十%を占めようという観測である。差し迫った小作料、秋作までの飯米、明春の肥料代等、農家の切実な悩みは、旧正月を境目に未曾有の深刻さをおび、売られて行く女性が駅頭で別れを惜しむ情景も数多くなってくる。

「静岡に着いたらじきに手紙をあげるよ」

十九か二十歳ぐらいの娘の寂しい笑顔だ。妹らしい方は笑って頷くだけだった。その背後にはほっかむりをした両親らしい二人としんみり別れを惜しんでいる娘。その後の二人の娘は見送りもないらしく、不安と寂しい沈黙に目を伏せている。彼女達は横手町の職業紹介所の斡旋で出稼ぎに行く四人の娘達。

こうした農民の窮状を救うための各地の議会からの請願、署名を受けて政府は臨時議会を開催した。審議の結果、当初提案された三億四千万の予算を三分の一に減額した約一億八五七万円の予算を可決した。

この額そのものがわずかであって、しかもこの予算の八割は農村土木事業費であったという。つまり用水や道路、開墾の臨時工事費であり、ここで農民を働かせて賃金を払うというものだった。農民の手に入る賃金はわずかでしかなく、しかも全ての困窮者が働けたわけではなかったという。その総費用の約半分以上はセメントや建築資材として使われてしまった。この予算で潤ったのは土木会社と地主、セメント会社だけだったという。

他方政府は新聞を使って農家の自力更生というキャンペーンを張った。そのための様々な施作をわずかな予算で市町村に押し付けたが、農民の絶望的な状況にはほとんど無力であった。新聞報道などでその窮状を知った全国から救済義援金の募金運動が自然発生的に盛り上がり、それがせめてもの救いになった。しかし、国の救済策はほとんどおざなりのものであった。

この時の政府予算の半分近くが軍事費であるが、公債と借入金を除くと歳入の全てを軍事費に注ぎ込んでいたのだった。悲惨な国民を放置して、ひたすら軍事費の増強と海外侵略に走っていた。

東北大凶作や経済恐慌で農民や労働者があえぎ苦しむ最中の昭和六年（一九三一年）に、日本軍は満州事変（柳条湖事件）を引き起こして出兵し、その半年後に傀儡《かいらい》国家満州国を作った。そしてその二年後に、満州国を認めないのを不満として、国際連盟を脱退した。

栗林英一自身は父が警察官であったので、この中にあってもさほど不自由のない生活だったが、大凶作の米どころ秋田の周囲の悲惨な話を見聞きしていただろう。

父哲二の履歴書によれば、一家は能代市、阿仁合市、北浦、稲庭市などを転々している。弁当すら持ってこれない同級生は多かったはずだ。長期に学校を休んでいる生徒もいただろう。弱者には優しい目を注いでいた多感な文学少年栗林英一は、プロレタリア文学やアナーキズムの本を読んで、その原因となる社会の理不尽な仕組みを知ったのだろう。

その頃より少し前の岩手では昭和二年（一九二七年）に宮沢賢治が「羅須《らす》地人協会」を設立した。農学校の卒業生や近在の篤《とく》農家を集め、農業や肥料の講習、レコードコンサートや音楽楽団の練習をして、世界全体が幸福にならないうちは個人の幸福はあり得ないとして農民芸術運動を試みた。この運動は社会主義の運動として警察署の取り調べを受けて、解散を余儀なくされた。

英一が小中学校を過ごしたのは、そんな閉塞《へいそく》した息苦しい雰囲気に傾斜していった時代であった。しかも父は旧家の地主の出で、思想犯を取り締まる側の警察官で厳格な厳しい人だった。彼が父や家族との軋轢《あつれき》の中で苦しむことになったのは、容易に想像できることだった。

それを直接的に書いた書簡は残ってはいないが、「親の言うことを聞かない、きかん気の暴れん坊だった」「留置場に入ったことがある」という英一のご子息三郎氏が本人から聞いた話にそれが現れている。このことはのちに彼の人生を大きく左右する原因になっていったと思われる。

三　二・二六事件、日満高等工業学校入学と満州渡航

栗林英一が日満高等工業学校に入学する前年の昭和十一年（一九三六年）に、青年将校が決起して二・二六事件が勃発《ぼっぱつ》した。陸軍将校の軍事クーデターだった。

早熟で聡明な当時十四歳であった彼にこの事件が、大きな影響を与えたのは想像に難くない。直接的に書いた文章や書簡は全くないが、その後の日満高等工業学校の寮生活での暴発や、軍隊生活での反抗的な行動にそれは現れているのではないかと思われる。当時はこの事件の裏にある真相は知る由もなかっただろう。しかし、感覚的にその事件の不明瞭な何かを敏感に感じ取っていたのではないか。青年将校に同調をしていたのか、その逆であったのか、彼の生涯を貫いた反軍的な姿勢の原点となったかもしれないその事件を以下に書いておく。

決起将校は千五百名近くの武装兵を率いて、総理大臣官邸、警視庁、内務大臣官邸、陸軍省、参謀本部、陸軍大臣官邸、朝日新聞社などを占拠した。高橋是清大蔵大臣、斉藤実内大臣、渡辺錠太郎陸軍大将など五人の重臣が射殺され、東京に戒厳令が発せられた大事件になった。陸軍の上層部に青年将校たちに心情的に共鳴するものもあり、その鎮圧に躊躇《ちゅうちょ》していた。彼らの決起趣意書は昭和天皇に読み上げて奏上された。その結果、昭和天皇は激怒して自ら兵を率いて鎮圧するとの固い決意を示した。

その天皇の決意を受けて戒厳令司令部は「兵に告ぐ」との文書を印刷して彼らに渡した。

下士官兵ニ告グ

一、今カラデモ遅クナイカラ原隊へ歸レ

二、抵抗スル者ハ全部逆賊デアルカラ射殺スル

三、オ前達ノ父母兄弟ハ國賊トナルノデ皆泣イテオルゾ

二月二十九日　　戒嚴司令部

事情を知らされていない兵士たちは動揺して、指揮をしていた将校たちとともに原隊復帰をすることになって、やがて鎮圧された。

この事件は昭和の歴史的転換点になって、これ以後、日本の軍部の影響力が大きくなり、その暴走に歯止めがかからなくなったと言われている。それ以後軍部は中国大陸で盧溝橋《ろこうきょう》事件をはじめとするいくつかの謀略と疑われる事件を引き起こし、日中戦争を引き起こし拡大して、結局西欧列強との全面戦争に至ったとされている。

しかし、その解釈は大きな見落としをしている。彼らの決起趣意書の原文を読むとそこには意外なことが書かれている。難解ではあるが、他に機会がないのであえて全文をここに転載した。

『決起趣意書』

謹んで惟るに我が神洲たる所以は万世一系たる 天皇陛下御統帥の下に挙国一体生成化育を遂げ遂に八紘一宇を完うするの国体に存す。此の国体の尊厳秀絶は天祖肇

国神武建国より明治維新を経て益々体制を整へ今や方に万邦に向つて開顕進展を遂ぐべきの秋なり。

然るに頃来遂に不逞凶悪の徒簇出して私心我慾を恣にし至尊絶対の尊厳を藐視し僭上之れ働き、万民の生成化育を阻碍して塗炭の痛苦を呻吟せしめ随つて外侮外患日を逐うて激化す、所謂元老、重臣、軍閥、財閥、官僚、政党等はこの国体破壊の元兇なり。

倫敦軍縮条約、並に教育総監更迭に於ける統帥権干犯至尊兵馬大権の僭窃を図りたる三月事件或は学匪共匪大逆教団等の利害相結んで陰謀至らざるなき等は最も著しき事例にしてその滔天の罪悪は流血憤怒真に譬へ難き所なり。中岡、佐郷屋、血盟団の先駆捨身、五・一五事件の憤騰、相沢中佐の閃発となる寔に故なきに非ず、而も幾度か頸血を濺ぎ来つて今尚些かも懺悔反省なく然も依然として私権自慾に居つて苟且偸安を事とせり。

露、支、英、米との間一触即発して祖宗遺垂の此の神洲を一擲破滅に堕せしむは火を睹るより明かなり。内外真に重大危急今にして国体破壊の不義不臣を誅戮し稜威を遮り御維新を阻止し来れる奸賊を芟除するに非ずして皇謨を一空せん。

恰も第一師団出動の大命渙発せられ年来御維新翼賛を誓ひ殉死捨身の奉公を期し来りし帝都衛戍の我等同志は、将に万里征途に登らんとして而も省みて内の亡状に憂心転々禁ずる能はず。君側の奸臣軍賊を斬除して彼の中枢を粉砕するは我等の任として能くなすべし。

臣子たり股肱たるの絶対道を今にして尽さずんば破滅沈淪を翻すに由なし、茲に同憂同志機を一にして蹶起し奸賊を誅滅して大義を正し国体の擁護開顕に肝脳を竭し以つて神洲赤子の微衷を献ぜんとす。皇祖皇宗の神霊冀くば照覧冥助を垂れ給はんことを！

この中の傍線の最初の部分は「不逞《ふてい》凶悪の徒簇《そく》出し、万民の生成化育を阻碍《そがい》して塗炭の痛苦を呻吟《しんぎん》せしめ」そして、その後は「露、支、英、米との間一触即発して祖宗遺垂の此の神洲を一擲《てき》破滅に堕《おこ》せしむは火を賭《と》るより明かなり」とある。

陸軍には東北地方の次男三男が多く入隊しており、彼らの郷里は昭和農業恐慌の最中で塗炭の苦しみに喘ぎ、飢饉と借金苦で姉や妹を身売りしなければならなかったのだ。自らも志願入隊すれば実家の口減らしになり自分も食いつなげたのだ。それゆえに彼らを率いる将校達も、その窮状をよく知っていたし、都会にあっても大恐慌で、失業者が巷に溢れているのを熟知していた。そして、軍需や兵器製造で巨富を貪《むさぼ》っている三菱、三井、住友とそれに準じる大財閥が政府や皇室を操って、大陸への侵略を企図しているのを知っていた。

彼ら陸軍の将校や将官たちは、極東の新興国日本一国だけでアメリカ、イギリス、フランス、カナダ、オランダ、オーストラリアなどの西洋列強と戦えばどうなるかも知っていた。

当時の日本の国民総生産はアメリカの十七分の一以下でしかなかったし、おそらく連合国の全てと比較すれば三十分の一程度であったろう。部分的な勝利はあっても総力戦である近代戦争では負けるのは常識であった。ましてや彼らは卓越した職業軍人であったのだ。国の歳入の全てを軍事費に投入して、無謀な侵略戦争をするのを心底から危惧《きぐ》していた。陸軍の将官たちもこの青年将校の決起に密かに同調しており、その決起文を奏上して昭和天皇の前で読み上げた。翻意を期待したのだろう。

しかしその期待は見事に砕かれて、青年将校とその連携者の十五名は銃殺刑となり、多くの兵はその後最前線に送られたのであった。

その結果、昭和天皇は強力な独裁権を握り、御文庫地下の大本営で細部にわたる海外侵略戦争の作戦を指揮し始めたのだった。

二・二六事件の結果、軍部が暴走を始めて中国を侵略し西欧諸国、アメリカと無謀な戦争をすることになったと語られている歴史とは正反対である。この事件の結果で昭和天皇の戦争への暴走にブレーキがかからなくなったのが、真相であったことが最近明かされている。

戦前の天皇は「神聖にして侵すべからず」という明治憲法下では神にも等しい存在であった。そして、戦時下では大本営が全ての指揮権を握って、軍の細部にわたる作戦すらもが天皇の指揮のもとに動かされていた。ましてや軍部では上官の命令は絶対である。満州、中国で大佐や中佐クラスが上官の指示を無視して、暴走をすることはありえないことであった。石原莞爾《かんじ》、板垣征四郎、辻政信、牟田口廉也などの無謀な作戦指揮は、大本営の暗黙の了承の上に成り立っていたと考えられる。

そして、日本の軍部は満州から中国、そして東南アジアに向かって急速に侵略していった。満州国には財閥系の企業や資本家たちの会社が数多く殺到して進出した。その数は数千になっていた。そこでは強制的に徴用した中国人を劣悪な労働環境で長時間労働を強いた。耐えられずに逃亡をすると、関東軍が出動して逮捕、処刑をしていた。

多くの日本企業は、中国人徴用工の指導監督をする日本人技術者を求めていた。その必要性を満たす目的で、急遽《きゅうきょ》設立されたのが、石原莞爾《かんじ》が提唱して立命館大学が協力した日満高等工業学校であった。

同時期に政府は石原莞爾《かんじ》らの指揮のもとに満蒙《まんもう》開拓団、満蒙開拓義勇軍の制度を立ち上げて、国策として日本の農民を入植者として送り込んだ。昭和農業恐慌で苦しむ農民の救済策も兼ねていた。

王道楽土、五族協和の楽園とスローガンを掲げて新聞キャンペーンをし、応募した人たちに渡航費用や当座の生活費、家屋、農具の費用と土地の購入費を支給した。終戦までに二十七万人が満蒙開拓団として送り込まれた。

しかし現地での土地購入とは名ばかりで、中国人の農地を時価のわずか一割〜四割の価格で強制的に奪ったのが実態であった。そのため、中国農民の反発を買いゲリラに襲われることが頻発した。その対策に農民を武装させ訓練して入れることになった。それが満蒙《まんもう》開拓義勇軍である。

そんな激動する時代の中で、栗林英一は中学校を卒業して、昭和十三年に新設された秋田日満高等工業学校に入学した。書簡には「日満という変な学校」と書かれている。

その変な学校の寄宿舎で私はこんな本を読んでいました。白柳秀湖、宮崎滔天、大川周明です。そしてこれはどうしたことだろうと時々後になって考えたりしましたが、結論は出さないことにしました。きっと右翼の学校だったのかもしれません。

白柳秀湖：プロレタリア文学の先駆をなした小説家。大杉栄事件後に社会主義思想を捨てて国家主義に転向して評論家、伝記作家に転じた。

宮崎滔天：孫文達を支援して辛亥革命を支えた革命家、および浪曲師。欧州に侵略されているアジアを救うには、中国の独立と中国民衆の自由が先決であり、それが世界平和につながるという信念のもと、大陸浪人として活躍した。

大川周明：日本の思想家。大東亜共栄圏を主張して、インドや中国の独立を支援した。満州国の建国を主張したが、中国や欧米との戦争には一貫して反対の姿勢であった。アメリカとの開戦にも最後まで反対した。

秋田日満高等工業学校は昭和十三年（一九三八年）に秋田市の茨島に設立された。日満の名が示すように日本国と満州国が出資して設立された学校で、急速に鉱業化を進める満州国の技術指導者や監督官の不足を補う目的であった。提唱者は満州国参謀であった石原莞爾《かんじ》と秋田県知事の本間誠であった。工業技術教育は無論だったが、そこでは満州国の大東和共栄圏、五族協和の建学の精神を教えられていた。

学生は国内だけでなく満州人や朝鮮人、白系ロシア人、蒙古人などが集められていた。

この学校は立命館大学が関わって京都で最初に設立されており、その後に秋田高が作られたのだ。特待生は全寮制であり、卒業後は満州企業へ勤務することが義務付けられていた。大不況の最中で国内は就職難であったから、見方を変えれば全寮制で授業料は免除され、卒業後は満州企業への就職が保証されていたので多くの入学者があった。地元からの通学も認められており、彼らは卒業後の満州企業への就職の義務はなかったようだ。

英一はこの全寮制に入学して、そこで、その後の人生に終生関わってくる二人の同級生と一緒になる。その一人は釜石市出身の内田武夫で、もう一人は白系ロシア人のビーカー（ビィクトル）である。寮には、日本人に混じって朝鮮人や満州人や白系ロシア人が入っていた。その寮生活がどんなものだったか、その一端を書簡で知ることができる。

私たちのベッドは寮の入り口付近にあった。他の人たちは一区画四人ずつでしたが、私たちだけは運よく三人だった。夜はよく話をし議論をしていた。しかし学校がだんだん嫌になっていたので、消灯後に密かに寮を抜け出して、秋田駅の構内の暗いベンチでよく話をしていた。ある日の夜中、私たち三人は又こっそりと寮を抜け出して、秋田駅まで遊びに行ったのです。その夜の暗い秋田駅の広場に行って見ると、白いチマチョゴリを着てヒソヒソと話をしている大勢の韓国人の女の人を目撃した。これから北方に送られていくようだった。私たちはその意味をすぐに悟った。

三人ともそれを見て訳のわからない興奮と怒りにとらわれていた。誰言うともなく大きな石を拾い集めた。秋田駅前のデパート正面の一番大きなショーウインドーの前に行って、そこへ一斉に石を投げつけた。ガラスが粉々に粉砕される痛快な音を背中に聞きながら、一休みもせず茨島の寮までかけて戻ったのです。

英一達はその「変な学校」の寮生活の中で、満州国の五族共和の理想が胡散《うさん》臭いものと気付いたのだろう。秋田駅で目撃したことはその証拠であった。彼女たちは慰安婦として北方防衛の日本軍の最前線に送られたのだ。私の韓国との最初の関わりはこの時であったとも書いている。精神的なショックを受けたことが知られる。

すでにプロレタリア文学や無政府主義を通して、日本社会や軍国主義の矛盾といかがわしさに気づいて、反抗的な行動をしていた英一は、旧態依然とした因習にとらわれている厳格な父親や兄弟、親族などとの軋轢《あつれき》に苦しみ、満州への脱出を思い立ったのではないか。彼ほどの才能と頭脳があれば、地元の秋田大学にさえ難なく進学できただろう。しかし彼は秋田の大学は嫌だったと書簡に書いている。

寮の舎監《しゃかん》は京都大学でのイスラム教の研究者でもあった津吉高雄氏だった。その頃立命館大学の教師であったが前任者の舎監が応召されて、急遽《きゅうきょ》交替した人だった。この舎監はのちに大陸に渡った人で、特務機関の一員として天津から北京を巡り、その後数奇な運命を辿《たど》って帰国して晩年には北海道の苫小牧で余生を送っていた。晩年に英一と書簡を交換している。

英一は日満高等工業学校を卒業すると満州に渡り、大連にある日本企業の大連曹達に勤務す

る。染料、洗剤、中和剤、食品添加物に用いる重炭酸ナトリウムや紙、パルプ、化学繊維の原料となる水酸化ナトリウムなどを生産する化学工場である。

以下はその頃の生活を書いた書簡である。

当時の大連は西欧風の植民地としての完成度の高い都会だった。街並みは美しく白く輝いて、人々の生活も表層では安定して豊かに見えた。当時、日本にはアナキストやダダイスト達がいて、大連には、手紙に書かれていた三好達治とか北川冬彦、安西冬衛がいた。彼らは『亜』という詩集を出版し、詩のモダニズムはここから始まったと言われていた。幼い頃に見たフランスの外人部隊の映画の舞台になっていたアルジェの街並とよく似たモダンな街であった。私はその美しい大連湾の岬にあった会社の寮に入っていった。

休日の日には朝一番のバスに乗って大連の市街へ通ったのです。大連駅の広い駅の中にあるレストランで、白い服を着たボーイに運ばれてくるハヤシライスを食べコーヒーを飲むことが何よりの楽しみだった。ただそのためにそこに通ったのです。

会社の仕事は苦痛で、一年もたたずに病気になり入院をした。その病室で毎日死にたいと思っていた。病気が悪化すればと密かに冷水を浴びていた。夜になると病室の天井からロープを吊り下げて、その先の輪に首を入れてドストエフスキーを読んでいた。半分冗談で半分は本気だった。

しかしある日、それは本当になり、私はそのロープに首を絞められて気絶してしまった。気がつくと隣の部屋にいた内田君に助けられていたのでした。

ちょうど一年後の年季明けに私は三つの選択肢の岐路に立たされていた。それは天津にわたって特務機関員として働くこと、撫順《ぶじゅん》炭鉱で働くこと、秋田に帰国することの三つでした。天津には日満の寮の舎監であった津吉孝雄氏がいて、私を特務機関に誘っていた。

そして私は安易で稚拙《ちせつ》な秋田への帰国を選んだのだった。今振り返ってみれば、人生の重大な岐路で一番安易な道を選んだことは、その後ずっと私の心の中に悔恨《かいこん》の思いを残してしまった。その思いはシベリヤ抑留時代にまで尾を引いていた。


大連曹達で彼はどういう仕事をしていたのか、何を考えていたのか、どうして病気になったのか、数百通の手紙をくまなく読んでも、手がかりはほとんど見当たらなかった。しかしいくつかの状況証拠は中国の資料から見つかった。

現地の日本企業は中国人労働者を強制徴用して、過酷な労働を強いていた。反抗すると拷問をした。逃亡をすると軍や警察が捕縛《ほばく》して連れ戻したという記録もある。日本人社員は彼らを監視して、働かせる役目を担っていただろうことは容易に想像がつく。そこには夢と希望を抱かせる王道楽土、五族協和の片鱗も見出せなかっただろう。偽善、欺瞞《ぎまん》に敏感で弱者への強い共感をもつ英一にとっては、その仕事は苦痛以外の何物でもなかったと想像される。

芥川賞の『アカシアの大連』を書いた清岡卓行は大連生まれで英一の一つ上であった。その中の主人公が暮らした大連の様子が描かれている。一部引用する。

家並みは、ヨーロッパ風な感じであると言えばよかっただろうか。住宅としては大型なそれぞれの石の建築は、たいてい一軒ごとに高い煉瓦の塀をめぐらしていた。地震がほとんどなかったから、それでもよかったのだろう。煉瓦の積み方にはイギリス式とフランス式とオランダ式があると、彼は父からおそわっていたが、彼が目にしたかぎりでは、それらの全部が簡単に組めて実用的なイギリス式であった。このような建物の様子が、もともと人通りの少ない町を、さらにのんびりと、ほとんど優雅にさせていた。（中略）

美醜の違いといえば、彼は小学校六年生頃、大連の東部にあった中国人の居住地、寺児溝の一部における惨憺たる有様を眺め、ほとんど恐怖に近いものを覚えたこと

があった。それは、たまたま、その地区にある大きな材木置き場の中の日本人の番人の家に遊びに行った時のことであった。その家の男子が、彼と同級生で、その誕生日の祝いに招かれたのであった。
戸外で遊びまわっていたとき、彼は中国人ふうの普通の家のほかに、崖から崩れ落ちそうになっている、掘っ建て小屋のような家とか、風に吹き飛ばされそうな屋根に重たい石をいくつも載っけて、いまにも潰れそうになっている家

とか、そのほか貧困そのものの象徴であるような住宅を、いろいろ沢山見た。（中略）そして共同便所にはいったとき、その壁の隅に「打倒日本」という文字がいくつか落書きされているのを見て、もしかしたら自分はここで誘拐されるのではないかと不安を感じた。（中略）

大連埠頭では、船に積み込むため、自動車のタイヤほどもある豆粕の円盤を何枚も、肩に担いで歩く苦力の姿がよく見られた。その光景は、いつまでも繰り返される苦役のような感じであった。それが日本人とは差別された実に安い報酬によるものであるということを、そのとき彼は知らなかった。ただそうした現実の光景が、王道楽土と、日・満・漢・蒙・鮮の五族協和を讃える、満州国の表面上のスローガンとは、まったく裏腹なものであるということだけを感じていた。関東州は日本の租借地で、満州国とはまた別のものだからという理由があるとすれば、それはかえって、日本の植民地における残酷さについて、語るに落ちる証明をすることになるだろうと思った。

その『アカシアの大連』の主人公の彼はその現実に顔を背けて豊かに生きようという倒錯した意識を持っていた。そしてそのことを知悉《ちしつ》していて自己嘲笑《ちょうしょう》しながら、いつも自殺願望にとらわれていた。実際同じ悩みによって二十歳で自殺した親しい友人もいたと書かれている。

この時期に天津には日満高等工業高校の寮の舎監であった津吉高雄氏がイスラム教の研究者という姿に変じて特務機関で働いていた。天津は日本の租借地の大連から見ると渤海《ぼっかい》を挟《はさ》んだ対岸に位置していた。

英一は一足先に中国に渡った津吉氏の天津の住所を聞いていたので、大連に行ってから手紙のやり取りをした。その津吉氏は英一の悩みを知り、日満時代の優秀な彼を知っていて天津に招いたのだろうと思われる。

結局、悩み迷った末に栗林英一は秋田に帰国する道を選んだ。はっきりとした理由は多くの書簡を読んでもわからなかった。病気で入院しそこで自殺未遂という事故があったので、気弱になっていたのかもしれない。天津の津吉氏に誘われたのが特務機関だったので、躊躇《ちゅうちょ》したのかもしれない。

同室の内田はその後、蒙古との国境にある満州里のジャライノール炭鉱に行った。白系ロシア人のビーカーは父親がそこで技師をしている撫順《ぶじゅん》炭鉱に就職した。三人は日満を卒業して別々の道に別れた。しかしその後は、それぞれに戦争という激しい荒波に飲み込まれて、行く末も知り得ない運命に翻弄されることをその時には誰も知りようもなかった。

内田武夫はジャライノール炭鉱で敗戦を迎えて、ソ連軍の捕虜となって英一と同じようにシベリヤに抑留された。抑留日本人はおおよそ六十五万人～百万人もおり、広大なロシア各地に分散させられたので互いにその存在は知らなかった。

彼は戦後無事にシベリヤから復員して故郷の石巻市に帰って暮らしており、晩年に英一が彼を探してようやく再会し手紙を交わすようになった。

しかしもう一人のビーカーがその後どうなったのか、晩年に英一は八方手を尽くして死ぬまで探し回ったが、結局何も手がかりがなかった。

ビーカーの父親はラトビア出身の白系ロシア人で、ドイツ工科大学を出て撫順炭鉱に勤める技師であった。ロシアの西はずれの小国ラトビアから、一家ではるか極東の満州の撫順炭鉱にどうしてやって来たのか？　そして一家は日本敗戦後どうなったのか？

その疑問がその後の栗林英一の生涯に最後までつきまとっていた。彼はそれをどうしても知りたいと思っていた。晩年に癌に侵されてからは鬼気迫る執念で調べまわった。

その様子はまた別途詳述する。

四　占守島の激戦とシベリヤ抑留

英一は悩んだ末に故郷秋田に戻って、秋田市の裁判所に勤務する。どういう経緯で裁判所に勤務したのかは何も書かれていない。晩年の手紙には新聞記者になったとの記述もあるけれど、それはシベリヤ復員後のことで、本人が混同をしているようだ。何十通もの断片的な記述を突き合わせてみると、最初の帰郷の時は裁判所の書記になったらしい。

その頃、特に東北地方の小学校の青年教師の間に「北方生活綴り方運動」が盛んになっていた。子供達に自由に作文をさせて、見たり聞いたりした体験を自分自身の言葉で作文に綴らせて、それを通して子供達自身でものを考え、自主的な精神の発達を促そうとする教育運動だった。この運動自身は強い政治的な色合いはなく、綴り方を通して子供達の精神的な発達を促す草の根の教育運動だった。

しかし、中央政府の天皇を中心とした皇民教育に反するものとして次第に圧迫されて、ついには全国で三百人もの教師が逮捕されるに至った。その逮捕された教師の多くは東北の人たちだった。それが昭和十五年（一九四〇年）の「生活綴方《つづりかた》事件」であった。

この治安維持法による逮捕はほとんど濡れ衣であったが、自由主義的な教育すら許さないという当時の偏狭《へんきょう》な国家主義を象徴する事件であった。戦後、山形で「やまびこ学校」という教育運動をした無着成恭もその綴り方運動の人であった。

英一は裁判所の蔵の中で、その調書と転向書を読む機会があったという。教師たちが簡単に転向をしてしまったことを知って、戦後彼らがそれに一切触ることなく「綴り方運動」の再興をしていると書簡で嘆いている。特高に逮捕され激しい拷問を受けて獄中で死んだ小林多喜二の事が頭にあったのだろう。

やがて間もなく英一は召集され戦地に向かうことになった。その後彼が生涯忘れ得ぬことになった占守島の戦いとシベリヤ抑留の体験は、多くの書簡に分散して断片的に書かれている。それを時系列に整理して、本人が語る一つの物語にして以下にまとめた。

・占守島の戦い

昭和十八年（一九四三年）三月一日に私は秋田の陸軍第一七連隊に教育召集で入隊をした。毎日厳しい軍事訓練を受けた。私は反抗的な態度なので生意気だと言われてよく制裁と称して殴られた。両耳の鼓膜が破れたこともあった。

六ヶ月ほど経った頃に、教育召集から臨時召集に切り替えられて、急遽《きゅうきょ》北千島守備の部隊に配属されることになった。私たち初年兵は確か二千名ほどいて、番号を付けられて偶数と奇数に分かれ半分は南方へ、残り半分は北千島へと派遣された。南方へ行った人はほとんど死んだ。私たちは北へ行ったので、幸いにも助かったのだった。

北方のアリューシャン列島のダッチ・ハーバーには米軍の基地があり、それに対抗するために日本軍が千島列島北端の幌筵《ぱらむしる》島に作った基地があった。北方からの侵攻に備えるために、そこには満州からの精鋭部隊二個旅団の兵員二万人が配置されていて、無傷の四十両の戦車をもつ戦車連隊もいた。臨時召集の一千人の目的地はその幌筵《ぱらむしる》島であった。

私たちの部隊は夜行列車に乗せられて秋田駅を出発した。窓はすべて黒い布で覆われ外は全く見えない。暗い車内で誰もが不安な思いで口数は少なかった。青森駅から雪の夜道を軍靴《ぐんか》の音を軋《きし》ませながら歩いて暗い港の桟橋に着くと、そこから輸送船に分乗して函館に向かった。幸い海は穏《おだ》やかだった。函館に着くとすぐに列車に乗り換えて北方軍の平坦本部のある小樽に向かった。小樽で二ヶ月ほど滞在していた。各地から集まる兵と輸送船が揃うのを待っていたのだ。集結した兵員は四千人になった。

だいぶ暖かくなった五月になって、ようやく船団の編成が整って出発することになった。出発の前夜小学校の行動に集合した兵士たちを前にして、部隊長から訓示と説明があった。

「これから乗船する船は幾つにも別れた鉄の箱を互いに溶接して作られているから、魚雷一発や二発受けても沈没はしない。心配はない」

その頃の日本海軍はすでに制海権を失って近海にも敵の潜水艦が跋扈《ばっこ》しており、撃沈される船が多かったのだ。その話が密かに兵士たちの間で語られていた。

二艘の大きな輸送船には各々二千人の兵が乗り込んだ。二隻の駆逐艦に護衛されていた。

小樽を出港して宗谷海峡を過ぎオホーツク海に入ると、船団は潜水艦の攻撃を避けるためにジグザグに進路を変えながら走り出した。駆逐艦は輸送船の周囲を前後左右に繰り返し回り込んで、魚雷を警戒していた。私たちは船倉に詰め込まれて鉄板に背中を押し付けて寝ていた。その鉄板を伝わってすぐ近くに波の音が聞こえてくる。魚雷一発がここへ当たればたちまち波に飲み込まれるだろう。

船団は潜水艦を避けて大きく迂回した航路をとっていたらしく、目的地の幌筵《ぱらむしる》島の近くまで四～五日はかかった。

途中、私達は昼夜交代での歩哨《ほしょう》を命じられた。ある晩私が歩哨《ほしょう》に立った。エンジン音を聴きながら、暗い海を見つめて立っているとひどい眠気に襲われて、思わず居眠りをしてしまった。見回りに来た将校に体を叩かれて気がついた。将校は私を直立させて激しく怒鳴った。

「貴様!居眠りをしていたな。制裁を受けるか重営倉のどちらかを選べ!」

「制裁でお願いします！」

私は何度も激しく殴られ甲板に倒れた。

血だらけの顔で原隊に戻ると、同室のみんなの視線が私に集中した。

「甲板から落ちたんだ」

と誤魔化《ごまか》してベッドに潜り込んでしまった。

翌日の夜に船が突如身震いをするような轟音《ごうおん》に包まれた。

「右舷《うげん》船倉に被弾、総員退避！」

船は激しく振動をし、私たちのいる船倉に海水が流れ込んできた。私たちは先を争うように上のハッチに殺到した。混乱した。無数の蟻が先を争い互いの背中をよじ登るようにして、甲板に這い上がった。

「舳先《へさき》の左に飛び込め！」

という声が聞こえた。私が下の暗い海を見ると先に飛び込んで浮かんでいるいくつもの坊主頭が見えた。私はそこへ無我夢中で飛び込んだ。

それから助かるまでの数時間の記憶は、ただ真っ黒い海としぶきと怒号だけだった。どのくらい海に浮かんでいたかわからない。駆逐艦のボートに助けられて、ようやく目的地の幌筵《ぱらむしる》島の柏原港にたどり着いた。

幌筵《ぱらむしる》島は長さが百キロにもなる細長い大きな島であった。その北端の狭い海峡を挟んで小さな占守島があった。その島に面した海峡に柏原港があって、そこが日本軍の基地になっていた。数十名の犠牲者を出してようやく上陸した私たちは広い広場に集合し、そこで色々な部隊に別れた。私たちの二百名は師団司令部の衛兵隊になった。整列させられて番号をかけられ、それが終わると上官は言った。

「文書や図面が書けて、事務的なことが得意なものは手を上げろ！」

思わず私は手を上げた。私の他に四人が手を挙げていた。それで私たち五人は師団司令部の事務を担当することになった。

司令部は港を見下ろす低い丘の上にあった。平屋の木造で普通の作りの建物だった。そこには将校や佐官級の部屋があり、一角に師団長の堤中将の個室があった。将校以下の兵隊は三角兵舎という横長の半地下の兵舎に入っていた。

私たち五人は兵舎で朝の点呼が終わると、歩いて二十分ほどかかる師団司令部に通って仕事をした。連隊の様々な指令書、命令書、作戦図も書いた。日々の行動や訓練の記録もあった。弾薬や食料の手配書なども多かった。忙しかったけれど、そこでは古参兵の初年兵シゴキを免れていた。

私は師団長の指示で作戦図のある命令書を作り、それをガリ版刷りしていた。やがてその器用さを買われて上等兵に選抜された。

そこで働いた五人の中に羽崎という初年兵がいた。彼はしばらくして中隊に帰ってから、目が見えないと言い出した。柱に衝突して額から血を流した。兵舎の土間の段をしょっちゅう踏み外して転んだ。彼はとうとう内地に帰還となって送り返された。

戦後帰国してわかったことだが、内地で軍属などの仕事につき元気で過ごしていたという。ある日、村祭りの日に行われた盆踊りで、大酒を飲んでグテングテンに酔っ払って家に帰った。

そして奥さんの前でおどけて踊り出し、はしゃぎすぎて転んだ勢いで、ガラス戸に首を突っ込んで死んでしまったという。あの目の病は偽装だったのかもしれない。

慣れてくると休みの合間に島を巡ることもできた。島はいつも霧に覆われていて忘れた頃に時折晴れると、島の中央にそびえている火山の白い噴煙が見えた。聞いた話では、噴火口からは熱湯のような温泉が湧き出しているという。山麓にはいつも風が吹いて濃霧が立ち込めており、霧の合間に見渡す限りの低い這松《はいまつ》の原が見えていた。

山麓の下の方は榛《はり》の木の林が広がっている。この木はあまり太くならず十五メートルほどの高さで、昼間でも薄暗くなるほど密生していた。風と霧が弱くなって薄日が差すと、ここでしか聞いたことのない鳥の鳴き声が聞こえる。苦しそうなガラガラ声で全身を震わせて絞り出すように鳴き、最後に玉を吐き出すように「コットン」といって鳴き終る。私は霧の流れる榛《はり》の木の森に、この幻想的な鳥の声を聞きに何度も通った。

海岸に下りると、海は透明で美しく、上から覗《のぞ》くと昆布が林のようになって深い海底にまで伸びていた。一番美しいのは晴れた日の夕方であった。空一面が夢のような七色の虹で覆われていた。

　半年ほどして内地から来た中尉が私の衛兵隊の上官になった。その隊長は私たち五人を見とがめた。

「初年兵をろくすっぽ訓練もせずに最初から甘やかしてはダメだ」

という。特に反抗的な私は睨《にら》まれた。そしてとうとう私は最先端の占守島の塹壕堀《ざんごうぼり》に飛ばされた。

　そこは千島列島の最北端の平坦な小さな島で、狭い海峡を隔ててすぐ北はソ連領のカムチャッカ半島であった。

　北千島の冬の寒気は猛烈に厳しく、特に北端の占守島は草に覆われた平な島だったから、間断なく風と雪に曝《さら》されていた。視界は極端に悪い。それでも時折やってくるアメリカの爆撃機が的外れの爆弾を落として、すぐに帰っていった。

　真っ白な雪原の中の兵舎の周囲には、杭が打ってありそこにロープが張られていた。そこから北に向かって一直線に杭が並んでいて、同じようにそこにもロープが張られていた。そのロープを頼りに数百メートルしか離れていない場所に通って、毎日泥まみれになって塹壕堀《ざんごうぼり》をした。塹壕堀《ざんごうぼり》は四～五人ずつの組みになって時間を区切って途中で交代した。その時は、全員が腰紐で結び合って行かなければならないという規則になっていた。

ある風の強い雪の日の夜に、交替に遅れて焦《あせ》った私の組の奴が一人で先に行ってしまった。私たち四人は慌てて後を追って飛び出したので腰紐を結んでいなかった。すぐ近くだからいいだろうと思ったのだ。暗い中を塹壕《ざんごう》の方に歩いていくと突然に猛烈な吹雪が襲ってきた。目も口も開けていられない。私は暗闇の雪の中に吹き飛ばされた。猛吹雪の中でもがいて手探りをしていると、ようやくロープを探り当てて、それに捕まることができた。その凍りついたロープを必死で手繰り寄せて、風の弱くなったのを見計らって兵舎にたどり着いた。全身に雪がこびりついて歩くのも不自由だった。

二人の仲間が行方不明になって、翌朝に少し離れた岩陰で雪に半分埋もれて死んでいるのが発見された。

占守島には戦車隊、工兵隊、砲兵隊が駐屯していた。その基地の中央に炊事場があった。ある時、私の仕事は塹壕堀《ざんごうぼり》からその炊事場勤務に変更になった。それを手配してくれたのは師団司令部で一緒だった菊池上等兵だった。私の初年兵当時の十七連隊の仲間だった曹長もいて、やはりこの島の塹壕堀《ざんごうぼり》の隊長だったので、二人で私を炊事場に回してくれたのだった。その曹長も絵が好きな菊池上等兵の同志だった。

軍隊や監獄や戦場のどんな厳しい環境であっても人間同士の連帯はできると思った。私はその厳しい環境の合間を縫うようにして、実に簡単なあることをしていた。密かにメモを渡して連絡を取り合っていたのだ。

占守島には日魯漁業の大きな缶詰工場があり、夏場はそこには四～五百名の女工がいて稼働していた。その他の関係者を含めて多くの人たちが働いていた。そこの食事も作っていたが、ある時、芽の出たジャガイモをそのまま調理をして彼女達に食べさせてしまって、十人ほどの死者が出たことがあった。後味の悪い事件だった。

やがて私は幌筵《ぱらむしる》島の原隊に復帰した。それも菊池上等兵の計らいだった。その頃になって、原子爆弾が本土の広島と長崎に投下されたという情報が入ってきた。仲間と急いでガリ版刷りのビラを作ってそれを兵隊に配布した。守備隊も編成を変えて移動を始め、緊張をしている様子が読み取れた。数日して師団司令部は、全軍を司令部前の広場に召集して日本の敗戦を正式に報じた。

兵たちの間からざわざわとどよめきが起こっていた。私たちはなんとも言えぬ無力感と安堵感に囚《とら》われていた。やがて司令部の前の広場では書類を運び出して燃やし始めた。夕食後の兵舎では、兵達が集まって酒を飲んで夜中まで騒いだ。

「なんで負けたんだ！」

「ちくしょう！もう一度やってやる」

と口々に叫んでいた。

そんな敗戦から三日目の深夜、突如「戦闘準備して集合せよ！」と命令が出た。兵舎の中のみんなが一斉に跳ね起きて兵装を整える慌ただしい物音に包まれ、ピリピリと緊張が走った。

「戦争は終わったんじゃないのか？」

という声もあちこちから聞こえてくる。ソ連軍が占守島の北の竹田浜に突如上陸して来たのだ。私の部隊は艀《はしけ》に乗って占守島の防衛に出撃するという。

慌てて軍装を整え外に出ると真っ暗でしかも濃霧だった。その暗闇の中のあちこちから軍靴の音と衣服の擦れる音が聞こえて、並べ！　番号！と命令が飛び交う。数千名の兵士が集結していた。艦砲射撃の腹に響くような音が、海の方から途切れることなく響いてきた。それを聞いて鳥肌がたった。

私達の部隊は闇の中に進んで行った。後ろの兵が早く行け！と私の背中を押した。私は隣の兵に話しかけた。なんの返事もない。あまりに不安で前の兵の背嚢《はいのう》や足元の石ころに、すがりつきたいと思った。

しばらくすると、分隊長の張り詰めた声が聞こえた。

「久米はどうした！　久米がいないぞ！」

脱走したらしい。

久米はいつもキラキラとした瞳で冷たく斜視《しゃし》気味で人を見る癖があったが、一度笑うと人が

変わったような童顔になった。食事の時に空襲警報が鳴ると鉄棒をかぶって、一人先に洞窟に逃げてしまう。故郷岩手に残して来た新妻が彼の後を追ってきて、日魯《にちろ》漁業の出稼ぎになって缶詰工場に勤めていた。日曜の休日は外出着に着替えてそそくさと兵舎を出ていった。どこかで逢引きをしていたんだろう。その久米が脱走したのだった。

しかし部隊はそれどころではなかった。お互いに鉄兜《てつかぶと》の下で険しい視線を交わすだけで、誰もがその声になんの反応もせず、黙って黙々と前へと進む。やがて波音がして真っ黒い海面に暗い桟橋が浮かび上がって、そこに多くの艀《はしけ》が着いていた。エンジン音を響かせて牽引《けんいん》された艀が次々に到着する。

「上げろ！　上げろ！　早くしろ！　何をぐずぐずしている！」

と怒号が響く。その艀《はしけ》の中をみると、兵の死体とまだ呻《うめ》いている負傷兵が折重なっていた。

その負傷兵の両手、両足を二人で持って艀《はしけ》から引きずり出して、次々に桟橋の上に転がした。両手が生暖かい血で汚れてヌルヌルとする。まだ瀕死で呻《うめ》いている兵士もいた。吐き気がしてきた。次々に引き上げ、暗い桟橋は死体と負傷兵でたちまちいっぱいになった。

「いいか！ソ連兵の狙撃は正確だ！鉄兜を貫通するぞ！」

という声がする。桟橋の死体はそのままに放置して、その血で汚れた生臭い艀《はしけ》に私たちは乗り込んで占守島へ向かった。

多くの艀《はしけ》を牽引《けんいん》した輸送船はエンジン音を上げて全速力で走り出した。真っ黒な不吉な色をした海面には無数の夜光虫が光って波間に揺れていた。暗い霧の中から砲撃音が間断なく響いてくる。

暗い占守島に上陸すると、部隊は北の小高い丘に向かっていった。砲撃に加えて激しい機銃

の音も聞こえている。

丘の上に登ると背の低い半地下の兵舎があった。その中に入ると中はまだ暖かかった。戦車隊が出撃したあとの兵舎だった。北から激しい砲撃音と銃声が響いてくる。その丘に陣取っていた砲兵隊が全滅したという。

濃霧が少し明るくなって来た頃に「出撃するぞ！」と命令が出て、隊列を組んで前進をした。やがて前方に多くの味方の戦車のシルエットが見えて、激しい銃撃と砲弾の中を、その戦車の後ろから銃を構えて進んでいった。時折足がつまずいて目をこらすと死んだ兵士が足元に転がっている。緊張して震えていたが、いつの間にか恐怖心が消えていた。

前方を銃撃して雄叫《おたけ》びをあげて突進した。砲弾が近くで炸裂する。機関銃が激烈な音を立てて火を吹いている。身の回りに何発もの銃弾が鋭い擦過音《さっかおん》をさせて通り過ぎる。味方の兵士が銃弾に当たって声を上げて倒れていく。突撃する日本軍の戦車にソ連兵が爆薬を抱えて飛び込むのが見えた。味方の戦車が爆発して擱座《かくざ》した。

どの位の時間が経ったのか、どうやって戦っていたのか?長い間だったような気もするし、ほんのわずかな間だったような気もする。まるで現実離れをした悪夢の中でひたすら無我夢中で足掻《あが》いていた。濃霧が薄れて乳白色の草原に伏せている自分に気がついて、ようやく正気を取り戻した。

戦闘は一段落したのか、砲撃も銃撃の音が止んで、一転して嘘のような静かな草原に海風が渡っていった。

私たち日本軍は占守島の奥まで進出したソ連軍を、この三日の激しい戦いで島の北端の竹田浜の海岸まで追い詰めていた。

やがて大本営からソ連軍との停戦合意ができたという連絡があって、師団司令部から戦闘中止の命令が出た。

霧が晴れて明るくなった草原には、数え切れないほどの日本兵とソ連兵の死体が点在していた。日本軍の戦車が焼けて転がっていた。激しい戦闘だった。日本軍の死者は八百人、ソ連軍は二千人ほどになったと言う。自分が生きていたのはほとんど偶然だったのだ。

日本軍は今度こそ敗軍として武装解除をされて、私たちが打ち負かしたソ連軍の捕虜になるという。そのソ連軍がやがて上陸してくる。女達がどうなるか想像ができた。

司令部から、缶詰工場に働きに来ていた女工四百人と慰安婦数十人をすぐに内地に送り出せという命令があった。私たちの部隊は輸送船と漁船を準備し燃料を入れた石油缶を積み込み、そこに彼女達を乗せてその晩に次々と出港させた。ソ連軍に見つからないように港の北側を二隻の輸送船で目隠しした。

翌朝早く、逃げ遅れた人がいるかもしれないと彼女たちの宿舎を調べにいった。何棟もの宿舎を見て回った。宿舎の中の部屋はガランとしていて、手拭や歯ブラシなどの日用品が残されていた。隣の棟には女達が大事にしていた赤い針箱が倒れていて、指ぬきや針山や握り鋏《ばさみ》が畳の上に散乱していた。

朗《ほが》らかだった若い女工達の笑顔が頭に浮かんだ。

久米とその新妻はどうしたのか。ソ連軍に見つからずに無事に内地まで戻れたのか、と心配になった。海は荒れていた。

・シベリヤ抑留

私たちの部隊は完全に武装解除されて捕虜となった。占守島と幌筵《ぱらむしる》島の日本軍の捕虜は二万人程だった。越冬するための宿舎の手入れや燃料とする薪を集めた。ソ連軍からはわずかな食料しか配給されなかった。

私たちは自分たちが作った地下の陣地や糧秣《りょうまつ》庫を、夜の闇に紛れて漁《あさ》って回った。多くの日本兵がそこに侵入して食料や医薬品を探し歩いて踏み荒らされていた。夥《おびただ》しいビタミンやブドウ糖のアンプルが床に散らばっていて、それを踏み潰《つぶ》しながら食料を漁《あさ》っていった。ある洞窟には携帯のランプが赤々と灯されていた。私は久米と新妻がそこで食料を漁《あさ》っていたかもしれぬと思った。二人一緒に無事に北海道までたどり着いたのか、とその思いに胸を締め付けられていた。

その間に色々な噂が流れて来た。降伏するべき日本軍が、激しい反撃をしてソ連軍を撃退したので、第十七師団は皆殺しになるという。日本は全ての都市が焼け野原になって全滅した、という話もあった。

やがて二ヶ月ほど経って初冬の冷たい風が大陸から吹き渡って来た頃に、私たちの部隊全員はどこへいくのかも告げられずにソ連の輸送船に乗せられた。いよいよ殺されてしまうのかと密かに思った。

輸送船がついたのはナホトカ港であった。

港には丸太で組み立てられた大きな桟橋があった。海が浅いのか船はその桟橋からだいぶん離れたところに停船した。そこから二十メートルほどもある揺れるタラップを一人一人よろけながら桟橋まで渡った。私達は戦闘の疲れとその後のソ連軍が支給するわずかな食料で飢えていた。そして敗戦の虚脱感ですっかり弱っていた。うまく渡り終えると桟橋で待ち構えた二人のソ連兵が「ハラショー」と言って一人一人抱きかかえてくれた。それから、丸二日間、長い行列になって昼夜兼行《けんこう》で歩かされ、到着したのは大ツンドラ地帯にある収容所だった。そこにはすでに一万名以上の日本人捕虜がいた。

私たちはそのナホトカの捕虜収容所で暮らすことになった。

そこでは様々な仕事がソ連兵から割り当てられて、それを日本兵の代表が受けてみんなでその仕事を分担して過ごした。

その収容所では色々なことが次々に起こった。はじめは将校と兵隊の争いだった。兵たちは「戦争は終わったんだ。もう軍はないんだ」

と将校を無視し始めた。将校たちも戸惑っていたもののプライドがある。彼らは軽作業につき宿舎周辺にたむろしていた。早朝から激しい肉体労働をに出かけていた捕虜たちが夕方に兵舎に帰ってきた。

「同じ捕虜だというのにろくすっぽ働かない奴がいる！」

という声が上がって将校上がりの捕虜を吊るし上げた。喧嘩も起きた。しかし多勢に無勢で次第に将校たちは大人しく無気力になっていった。

労働はきつかった。四十キロもある丸太を毎日背負って運搬させられた。海岸沿いの崖の上を縫うように走っている細い道を、材木を担いで歩いていく。体力がなく弱っている者や不器用な者は丸太と一緒に何人も海に転がり落ちた。

私はその頃なぜか自分が大男にでもなったような力が身体中に漲《みなぎ》り、弱った兵達の荷物を引き受けて助けて回っていた。

ある日、収容所の前の広場で大阪出身の自称大学教授が

「こんな非人間的な労働は不当だ！」

と叫んで自分が指揮をする三十人ほどの捕虜達を集めた。

「ロシアの歩哨《ほしょう》を取り囲め！」と命令をした。

捕虜達は渋々と一人のロシア人の歩哨《ほしょう》を取り囲んだ。その周囲を遠巻きにして様子を見ていた他の捕虜達にも緊張が走った。ロシアの歩哨《ほしょう》はマンドリン銃を構えて大声を出した。そして前にいる捕虜に向けて威嚇《いかく》射撃をした。銃声と共に一人の捕虜が足を打たれて倒れた。取り囲んだ捕虜達は一斉に怯えて、周囲の群衆の中にバラバラと逃げ込んだ。歩哨は扇動した自称大学教授を捉《とら》えると銃座で滅多打ちにした。彼は顔面血だらけになってそこへ倒れた。私は遠くからそれを黙って見ていた。

不潔なラーゲリーの宿舎では、毎日が身体中に無数に湧《わ》いたシラミとの戦いの連続だった。指がシラミやナンキン虫の血で真っ赤になった。それは大仕事だったが怠けると痒《かゆ》くて夜寝付けない。

ある早朝に飯盒《はんごう》で炊く煙が大ツンドラ地帯に立ち込める頃に、隊ごとに朝鮮人の通訳がやって来て命令をした。

「今日は百名を出せ！」

未だ収容所についたばかりで、各人の捕虜番号も決まってないから、今狩出されると殺されるという噂が流れた。その朝の私の隊の割り当ては一名だった。あれこれ相談した結果、くじ引きで行く人を決める事になった。整列してくじを引く段になって、私は無意識に手を挙げて進んで前に出て「私が行きます」といった。

みんなが異様な表情で私を見つめていた。

籤引《くじび》きは中止になって、私はみんなに慰められてタバコや飴の餞別をもらった。

多くの隊から私を含めて合計百名が集められた。その百名はそこから三日間歩いて小さな港に行かされた。そこから底の浅い何艘《なんそう》ものダンベ船に乗せられた。数珠繋《じゅずつな》ぎにされたダンベ船は小さな輸送船に引かれて海を走った。艀《はしけ》を覆《おお》っているテントの下で、凍《い》てつく飛沫《ひまつ》に晒《さら》され寒さで耐え難かった。三日三晩凍った海を引っ張られて、ようやくある島に着いた。

あまりの寒さでみんなの髪の毛は凍りつき、上陸した時はそれが頭の上に櫛のように張り付いていた。弱っていた三人の大きな男が船の中で凍死していた。体力を消耗してほとんど歩ける人はなく、分厚いルパシーカを着たロシアの老人達に抱えられてやっと上陸した。

そして着いたところがトフィンというところだった。

そのトフィンが私たちが復員するまでの収容所になった。

旋盤のできる者や大工の経験のある者など手に職のあるものたち百人ほどは、そこからさらに船に乗せられてレンバーザーというところへ毎日働きに行った。そこには機械工場があるという。残りの半分は山を越えてレーニンの銅像のある大きな漁場（塩蔵所や缶詰工場）へ働きに行った。みんな体格の良い働けそうな人たちが選ばれた。

最後に私を含めた五、六人が残された。この五、六人こそは、今思えばあらゆる汚い仕事や辛《つら》い仕事に回された。炭殻《たんがら》運び、セメント運び、氷割りなどだった。

シベリヤ帰りは厳寒だとか飢えだとかを皆んな語るけれど、厳しい仕事といったら私たち程厳しい仕事をした者は他になかっただろう。私たちは特技もなく体格も良くないので、毎日最悪なところに連れて行かれ大変な仕事をやらされた。

冬の海の凍りついた氷の上を波打ち際まで三キロ近くも歩かされて、そこで分厚い氷を鉄棒で割れという。氷の厚みは五十センチ以上もあった。十キロもの重い鉄棒を頭の上まで持ち上げて、それを勢いよく氷に突き刺し、それを抉《えぐ》って氷を砕《くだ》くのだ。疲れて動作が鈍くなると、その様子を遠く離れた陸地で、双眼鏡で監視をしていた義眼のメッカチのモンゴル人が走ってきて、私たちを凍てつく海に突き落とした。凍《こご》えながら必死でもがいて氷上に這《い》い上がる。早く上がらないと死んでしまう。漸《よう》く這い上がっても衣服に染み通った海水がガチガチに凍りつく。

ある時は巨大なセメント工場で仕事をした。シベリヤではどういう訳かセメントは袋詰めではなく大きな倉庫の中にバラで積み上げられていた。運搬するトラックが倉庫の穴のような積み込み口に入ってくると、私たちはスコップでそのセメントを荷台に放り込む。セメントは重く冷たく、足が潜り込むと抜けなくなってしまう。暗くなるまでそんな作業をして、やっと終えて倉庫から抜け出す頃は、全身灰色で互いの顔も見分けがつかなくなっていた。しかも風呂はない。

私の場合は、多くのシベリヤ帰りの人たちの述懐《じゅっかい》のように、それが苦痛だったとか恨みに思うとか思ったことはなかった。肉体はひどく苦痛だったが精神は溌剌《はつらつ》とし、充実して清々しい透明感さえ感じていた。内地での日々は楽であったが、訳の分からぬ不明瞭ないやらしい雰囲気の中で、精神はいつも鬱屈《うっくつ》をしていたのだ。

収容所の食事は支給された材料で、捕虜たちの炊事係が作っていた。主食はゴツゴツとした黒パンで一人当たり1日八百グラムで、酸っぱいキャベツや塩漬けのニシンがほとんどであった。連日の激しい労働だったから、それだけでは足りずにみんなはいつも餓えていた。

春になると収容所周辺の食べられそうな植物をみんなで探して煮たり焼いたりして食べた。時々毒入りの野草で死者が出た。

また外の作業から隊列を組んで収容所に帰ってくると、入り口でソ連兵の点呼を受けて中に入る。ソ連兵は掛け算ができないので、横に五人捕虜を並べて二列で十人として、その十人の塊《かたまり》を数える。いつもそういう点呼だった。十人ひとかたまりの捕虜たちはその隊列の外套の裾の中に、外で捕まえた犬を隠してもちかえる。それを収容所内ですき焼きにして食っていた。

ある冬にこんなこともあった。そこでは風呂は一週間に一度だけだった。それも規則だからと申し訳程度のものだ。収容所から四キロほど北にあったその風呂は蒸気の充満した大きな箱型の小屋だった。その脇に十五坪ほどの洗い場があった。その蒸気の充満した箱の中で緑の葉がついた木の枝で

体を叩く。百人が入る時間が二十分と決められていた。混雑するので裸になってわずかに行水するだけで終わりだった。風邪を引きに行くようなものだった。

その風呂への行き帰りは隊列を組んで行進して行った。ある日の収容所までの帰り道の途中だった。反対側から演習帰りのソ連軍の部隊が行進してきて、行き違いになった。整然と隊列を組んで足音を揃えて行進していた。そして腹に響くような素敵なバスで歌を唄っていた。惚れ惚れするほどの魅力的な声のコーラスだった。私達捕虜はノロノロと歩きながらそれに心底聞き惚れてしまった。

第一次大戦のヨーロッパ戦線で兵士の間で広く歌われた「リリー・マルレーン」という歌だった。

すると私たちを引率していたソ連の兵士が何を思ったか急に「お前達も唄え！」といきなり怒鳴った。

急に命令されて何をどうして良いか分からず、行進を止めて全員ざわざわとうろたえていた。

そのうちに一人の男がやってきて

「何か唄わないとあとでひどい目にあうぞ。俺がとにかく唄うから後について唄ってくれ！」

と言いにきた。隊列に戻ると行進が始まり彼は大声で歌い出した。

サッポロの
ビール会社の
煙突は
細くて

長くて
でっかくて
吐き出す煙は
マックロケノケ
マックロケノケ

私たちはそれを大声で歌いながら宿舎に向かって行進をしていった。腰のタオルは、カチカチに凍りついていた。

その男の出身地は北海道だった。

そんな仕事をしていたある初夏の日だった。農業をできる人はいないかと言われた。結局私たち残されていた五人全員が船で四十キロほど行った先のコルホーズに行くことになった。

そこはナホトカから北方の海沿いにある山の麓《ふもと》の美しいところだった。草原に覆《おお》われたただらかな丘が広がり、それを東に行くと静かで綺麗《きれい》な海岸があった。

このコルホーズはナホトカの捕虜収容所に野菜を供給するためのものだった。森に囲まれた広場にコルホーズの建物とその周囲に民家が数十件建っていて、そこにロシア人の多くの農民がいた。

近くに囚人を収容している小さな捕虜収容所もあり三十人ほどの囚人がいた。彼らはロシア本土で軽い犯罪を犯した者か政治犯だった。はるか数千キロの極東に送られてきた人たちだった。

私たちはそこに宿舎が与えられて働くことになった。

そこには監視役の陽気で無邪気なサーシャという名前のロシア人の歩哨《ほしょう》がいた。彼は近くの村の太ったマダムと懇《ねんご》ろだった。私たちが大人しいので安心して歩哨の仕事を放り出し、いつもマダムのところに通っていた。ある日誰かが、どうですか?とウインクして片言で尋ねると
「お~、前の湾のように大きかった!」

とあどけなく陽気に笑っていた。

近くの海岸の桟橋の上から、網を使ってシシャモとよく似たキュウリという魚を掬《すく》い取った。それを桟橋で干して食べた。村人がそれを大きな缶に吊るして下で木を燃やして燻製を作っていた。私たちはそこを通りがかるたびに、時々失敬をして食べた。香ばしくて美味しかった。

シベリヤの夏は競うように美しい花が咲き乱れて、緑に覆われている。農民達は素朴でおおらかで温かい人たちだった。広い野菜畑を耕作して陸稲《おかぼ》を栽培していた。三十頭ほどの馬を飼っていて広い草原に放牧をしていた。空は青く緑の草原が広々と広がり、いつも心地良い風が吹き渡っていた。

私はその馬の世話をする役割になった。馬は前夜に後ろの山に放牧して、翌朝になるとそれを集めてコルホーズに連れ戻す。

朝靄の美しい早朝に宿舎を出て、馬の群れを見つけるとボスである馬を捕まえて、それに乗って疾走する。他の馬はそのあとを追いかけて走ってくる。馬に乗るのは初めてだったが一度だけ農民に教えてもらった。あとは見よう見まねで乗れるようになった。

生まれて初めて馬の背中にまたがった。そこは予想外に高いので驚いた。視界は遥か向こうに広々と広がり、少し走ると身体中が爽《さわ》やかな風に包まれて、その気持ちの良さは他に例えようがない。慣れてくると海岸の砂浜を疾走して駆け抜けた。後ろには何頭もの馬が続いて走って来た。その自由さと開放感は今まで味わったことのない快感だった。

「イヤッホ〜！」

歓喜の声は緑の草原と青空の中に遮《さえぎ》るものもなく渡っていった。

私は美しい砂浜を毎朝十五キロほどを走って、コルホーズまで帰った。

コルホーズに戻るとその馬を使ってロシアの農民や囚人達と一緒に畑を耕した。畑にはキャベツやジャガイモや陸稲《おかぼ》を植えた。温かい日差しを浴びながらみんなで唄を歌いながら、来る日も来る日も、日長一日農作業をしていた。伴奏をするバラライカの音色とその歌声は素朴で、もの哀しく心に染み通る。ロシアの農民はおおらかで朴訥《ぼくとつ》で優しかった。

夜、同室の仲間は手作りのカルタに夢中になり、よく徹夜をしていた。時折大騒ぎをして奇妙な声をあげて笑い転げた。その声を聴きながら、私はベッドでノートを書いていた。

今思えば、恨みも悔恨《かいこん》もなく未来への希望も絶望も生死すら忘れて、この全く平和で何一つ矛盾ない透明な生活に没入していた。

彼岸も此岸もないこんな充実した人生があるのだろうか?

シベリヤの生活は例えようもなく甘美だった。

そこには粗暴で残酷な祖国もなく、封建的な郷里や肉親からも隔絶《かくぜつ》された大いなる自由があった。

私はこれまでの人生の全てを捨ててしまいたい誘惑に駆られていた。

この素晴らしい半年の記憶はその後の私を生涯支えてくれる夢になった。

　この半年の夢のような短い夏のコルホーズ生活を終えて、私たちは元のトフィンに戻った。そこでは入り口近くのベッドで一緒に寝ていた。上段には秋田出身で、司令部で一緒だった菊池

という男がいた。彼は斜め上段にいて、いつも歌っていた。歌は「浜千鳥」だった。腰を半分かがめてベッドを直しながら

「青い月夜の～浜辺には～親を探して鳴く鳥が～」

秋田訛《なま》りのその歌はいつも私の郷愁を呼び覚ました。

その後、ベッド換えがあった時に上段のベッドに二人で一緒に入ることになった。

そんな捕虜生活はどれほど続いたのか、ほとんど時を忘れていた。その間はほとんど郷里や親兄弟も思い出さなかった。帰りたいとは思わなかった。

私は毎晩ノートを記録していた。それが知れて、元曹長であったという人がそのノートを読みたいと人伝てに頼んできた。もちろん私はそれを断った。

捕虜生活は延々と続いた。どの位経ったのか、その間私は「浜千鳥」をきく時以外は、日本のことは全く思い出しもしなかった。

そんなある日、ソ連軍の将校が通訳を連れて一人一人捕虜を順番に面接しているという話が流れてきた。すでに面接した人の話では、希望があればソビエト国籍を与えるから残れ！と説

得されるとわかった。

次の日は私の順番だった。前の晩のベッドの中でそれについて思いを巡《めぐ》らした。

秋田の美しい山々と森や川、広大な水田の風に揺れる稲穂。そこで無心に遊びまわった幼い友達のことを思った。厳格で厳しい父や家族と延々と繰り返した諍《いさか》いがあった。そして観念的な愛国主義やそれに無条件に服従を迫る息苦しい学校や軍隊生活も思い巡らしていた。父や教官や上官から数え切れないほど殴られた。

大凶作の最中の秋田の悲惨な農民や大衆は打ち捨てられ、酷使され搾取《さくしゅ》されている。その閉塞《へいそく》した牢獄のような日本からの脱出を夢見て雄飛《ゆうひ》した満州では、王道楽土、五族協和とは裏腹に日本企業に酷使されている悲惨な中国人の生活があった。

そんなことを繰り返し思い巡らして、やがて私は決然として決心をした。何もかも捨ててこのロシアの新天地で新しい自分を作ろうと。生まれ変わるのだ。

「日本には帰らない。ロシアに残る」はっきりと確信して、私はそうノートに書いたのだ。

しかし、その翌日の朝に予期せぬことが起きた。

突然に捕虜全員にナホトカに移動せよ！という命令が降《くだ》ったのだ。収容所の捕虜達はあちらこちらに固まってヒソヒソと話をしていた。

「帰れるのか？」という期待が静かに広がっていた。しかし大部分は「又糠喜《またぬかよろこ》びさ！」という自嘲的《じちょうてき》な思いだった。これまでなんどもなんども「ダモイ」（帰る）という言葉で騙《だま》され続けてきたからだった。

面接のことはすっかり沙汰止《さたや》みになって、やがて慌ただしい移動の準備が始まり、全員のナホトカへの大移動が始まった。

ナホトカについてみると、日本に帰れるという噂《うわさ》が広がっていた。兵士たちは顔に喜色《きしょく》を浮かべて泣いている者もいた。

しかし私は奇妙な複雑な思いに沈んでいた。

五　復員者と引揚《あげ》者の悲劇

栗林英一は昭和二十四年（一九四九年）四月十日に復員船で舞鶴に上陸した。その復員の様子は多くの書簡を読んだが、ほとんど書いていない。彼のその時の複雑な心境が反映しているのだろう。書いてあったのは以下の数行だけだった。

シベリヤから復員して、舞鶴に上陸した時、船の中で沖縄の人と知り合った。彼の家も、もうないだろうという。彼はこれから一緒に行動しようと誘った。私はそれをやっとの事で断り、とにかく残っているかどうか分からない秋田の我が家に戻ることとした。

ようやく家にたどり着いたのは夜だった。いきなり家に入ることがなんだか恐ろしくて、近くの松林の松の根元に腰を下ろして、翌朝までただ眺めていた。

多くのシベリヤ抑留記があっても、舞鶴港に帰還した後の話はそれほど多くは書かれていない。そして英一のそれはわずかこの四～五行だけだった。舞鶴港からどうやって郷里秋田にたどり着いたのか。家族との再会はどうだったのか。なにも記録されていない。

舞鶴漁港に住み着いて何年も我が子の帰りを待つ「岸壁の母」の歌は多くの人の袖を濡らした。我が子や夫と涙の再会した人も多かっただろう。しかし、そんな美談の裏に隠された復員、引揚《あげ》者の現実はまるで違っていた。

敗戦後の復員者は、陸海軍の兵や軍属だけで三百七十万人もいた。復員者とは政府の指示と援助によって帰還した人たちであった。その中の五十万人ほどがシベリヤ抑留者だった。そして、その他に満州や中国、東南アジアからの民間居留民の引揚《あげ》者が総数約三百万人もいた。総計で六百七十万人の日本人が敗戦後に海外から引き揚《あげ》たのだ。

昭和天皇は直後に日本の陸海軍に訓令をした。

「兵を解くにあたり一糸乱れざる統制の下に整斎《せいせい》迅速なる復員を実施し、以って皇軍有終の美をなすは、朕《ちん》の深く庶幾《しょき》するところなり」

この勅令に従って軍人とその関係者は民間人に優先して引き揚《あげ》ることになった。朝鮮からの引揚《あげ》は、アメリカ軍の指示で優先順がつけられた。軍隊、警察官、神官、芸者、女郎という順だった。朝鮮人の恨みを買っている人たちの順であったという。

ほかの朝鮮在住の民間人の大部分は徒歩での自力の逃避行を強いられた。北朝鮮の日本人は侵入して来たソ連兵に略奪暴行をされた。朝鮮人も集団で襲ってきて略奪をしていった。それも繰り返し襲われ持ち物はほとんど着るものだけになってしまった。女は男装をして顔に墨や泥を塗って変装をしたが、それも見破られて引き出され、なんども暴行や略奪を受けた。食料が手に入らずに飢えていた。多くの人たちが病気になって倒れ死者が出たが、そこに置いて行くしかなかった。

男は軍人と疑われるとソ連兵に連行されてシベリヤ送りになった。多くの日本人は乞食の群れのようになって、線路伝いに南へ南へと向かった。

三十八度線を越えれば、そこは米軍の管轄《かんかつ》で宿舎もあり食料も手に入るという話が伝わって来た。しかし三十八度線を越えるのが大変だった。手引きをするという朝鮮人を見つけて案内を頼んだ。ズボンの折り込みや着物の襟の中に縫いこんで隠して持って来たお金を、みんなで出し合ってその朝鮮人に払った。それでようやく三十八度線を超えて、鉄道で釜山までたどり着いたという。

満州では、関東軍、満鉄、日本大使館、関東局、満州国政府、国策会社の順に引き揚《あげ》てきた。満州開拓に行った何十万人もの農民やその他の民間人は、全く放り出された。守ってくれるべき軍隊や官吏が真っ先に逃げ帰ってしまった上に、日本政府からはなんの援助もなかった。

しかも若者は総動員令でほとんど召集されて、残されたのは女子供と高齢者ばかりだった。彼らは現地人の恨みを一手に背負って悲惨な逃避行になった。中国人や韓国人、ソ連兵に暴行略奪され、強姦され、殺された。女達は幼い子供を捨て、身を売り渡して逃げ回り飢えていた。病死、餓死、虐殺で生き残って帰国できたのは三分の一程度だったという。敗戦後三十年も引きずっていた中国残留孤児の帰国とその親族探しはその悲惨な現実から起こっていた。

満州開拓団は昭和農業恐慌で最も被害を受けて苦しんだ長野や東北の秋田、青森、岩手、山形の農民が多かったのだ。

彼らを守るべき軍人や官僚たちの復員には、興安丸などの日本船や米軍のリバティ船などの三十二隻の船があてがわれて、手厚く保護されて行われていた。
しかし民間人三百万人の引揚《あげ》者はこの政府による援助は全くなかった。多くの小さな輸送船や漁船を借りて自力で帰ってきたのだった。政府から見放された引揚《あげ》者を救おうと、九州沿岸の多くの漁民が船を提供した。引揚者たちは家財道具を山ほど抱えて、乞食のような姿で粗末な漁船にぎゅうぎゅう詰めになって佐世保や博多、下関、呉などの港に大挙して帰還した。しかし港に着い

た彼らは引揚《あげ》援護局によって、大事に抱えてきた財産を一枚の借用書と引き換えにすべて没収された。現金や貴金属、ダイヤ、万年筆までその対象になった。お金はどんなに持っていても一人千円が上限で、あとはすべて没収された。そして交通費、食事代として、わずかな金額が支給されただけで放り出された。帰還してから病気や餓死する人も多かった。

港には大勢の医師が集められて、途中でソ連兵や中国人に強姦されて身ごもっている多数の女性の堕胎手術をした。

漫画家の赤塚不二夫も満州生まれで敗戦後、母親と四人の兄弟と一緒に引き揚《あげ》てきた。父親はソ連軍の捕虜になってシベリヤに抑留されたという。彼は大変な思いをして日本にたどり着き、郷里の奈良に帰り着いたが、すぐに一番下の幼い妹は「ふー」と言って死んでしまったという。彼はこんなことを書いていた。

「悔しいのは、終戦になって、民間人の僕たちは、軍隊が守ってくれるどころか置き去りにされたことですよ。最初に逃げたのが軍部だった」

「いくら政府が自衛のための軍隊だなんて説明しても、僕を守ってくれるものじゃないって、てんで信用してないの」

敗戦後二年ほどして樺太から引き上げてきた人の証言がある。

樺太で引揚《あげ》船を待っていると、先に引き揚《あげ》た人たちの話が伝わってきた。引揚《あげ》船では食事は支給されないし、函館港についても食料や宿泊施設は一切用意されていないと聞いていたので、みんな事前に弁当や握り飯を用意して船に乗った。しかし多くの人は函館に着くまでにほとんど食い尽くしてしまってみんなは腹ぺこだった。函館の桟橋に降りてみると、嬉しいことに、知人や友人が握り飯やお茶を用意して岸壁で迎えてくれた。引揚船の乗船名簿を調べて、私たちが帰ってくるのを知って、おにぎりを用意して迎えてくれたのだ。

そこで復員局の検疫や荷物の検査を受けた。母は随分と現金を持っていたけれど、一枚の預かり証と引き換えに全部取あげられてしまった。代わりに家族八人の手当として二万円が支給されただけだった。

大部分の復員と引揚《あげ》は混乱しながらも数年で収束したが、シベリヤ抑留者は長期間厳寒地で労働を強いられて敗戦後四年経過してやっと最初の復員があり、その後順次帰還して最後の復員者は十一年後の昭和三十六年（一九六一年）ごろになった。

ソビエト連邦は敗戦直前に日ソ中立条約を一方的に破棄して攻め込んで、六十万人～百万人近くの日本人捕虜を長期間シベリヤに抑留して強制労働をさせて酷使した。それゆえ日本人の中にロシアは卑怯だという思いが今も強固で、あれから七十年経ってもそれは払拭できていない。

しかし、この七十万人以上の日本人の抑留が、日本政府が意図的にソビエトと交渉して実施されたものだという驚くべき事実が、最近明らかにされている。中川八洋著『近衛文麿の戦争責任』にはこのようなことが書かれている。

近衛案は『賠償として一部の労力を提供することには同調している。満州、樺太から「六十四万人以上、実際には百五万人の日本将兵が不毛のシベリヤに抑留され

極寒も重労働を強いられたが、これは近衛文麿が公式にスターリンに提案する予定になっていた。

さらに日本政府は在外邦人に対する処置を閣議決定した。広瀬隆著『持丸長者（戦後復興編）』から引用する。

一九四五年八月二十二日に内閣が設置した終戦処理会議は、東久邇稔彦総理大臣、重光葵外務大臣、近衛文麿国務大臣、下村定陸軍大臣、米内光政海軍大臣、梅津美治郎参謀部長、豊田副武軍令部長よりなり、緒方竹虎内閣官房書記が幹事を務め、八月三十一日に、「在外邦人は現地に於いて共存」、つまり帰国させないと決定したのである。このあと外務大臣は吉田茂に代わりこの政策を推進する主役となって、腹心の白洲次郎を使ってＧＨＱと折衝をしたのだ。この時、彼らはこの決定に基づいて在外邦人を満州や中国、朝鮮の現地に定着させるように積極的に要請し、一般人の切り捨てを具体化するという許しがたい行為に及んだのだ。このことは日本の外交文書に明記されている。

栗林英一たちのシベリヤ復員者にも様々な困難が待ち構えていた。高橋秀雄著『私のシベリヤ抑留体験記』からその一部を引用する。

昭和二十四年十月、ソ連からの引揚は最高潮に達した。帰還者達は明るく逞しい足取りで続々と帰ってきた。

帰国者それぞれに、苦しかったシベリヤでの思いを振り切ろうとしていた。この年の七月四日、忘れようにも忘れられない事件があった。

ひと足先に帰還したシベリヤ抑留者たちの帰還者歓迎大会が京都駅前広場で開催された。何をどう思ったのか、京都・大阪・奈良・滋賀・和歌山の各県警から動員された二万人もの警官隊が、この大会を解散させようと帰還者たちに襲いかかったのである。

帰還者達の怒号、乱れ飛ぶ飯盒、水筒、はじける服のボタン。京都駅前は正に修羅場だった。これは間違いだ、と必死に平静を呼び掛ける帰還者。乱闘が終わった後に、多数の重傷者が取り残された。帰還者達は、訳の分からないまま悔し涙に濡れながら、負傷した友を庇い、故郷に向かって散り散りに去っていく。けが人を運ぶ救急車のサイレンが不気味に鳴り響いた。誰一人として、その理由を理解することが出来る帰国者はいなかった。

昭和二十四年は、国内で世にも奇怪な事件が頻発した年であった。三鷹駅無人電車の暴走・下山国鉄総裁の死・東北松川の列車転覆、これらの事件は今もって真相がはっきりしていない。当時米ソ冷戦が既に始まっていて、アメリカに強く影響を受けた政府はこれを、共産主義者による争乱行動だとし、世相を反共に導いた。今にも共産革命が始まる、そんな噂が日本中を飛び交い、世情は騒然としていた。

シベリアから、共産主義化された筋金入りの赤色分子が帰ってきた。そんな噂がどこからともなく流れた。世情は、そのように帰還者を見ていた。暫くぶりに祖国の土を踏んだ帰還者に降りかかった京都駅前の不祥事は、明らかに警官側の責任、と引揚援護庁局長が言明した。

私達はこの事件の後、十月一日に舞鶴に着船した。我々は信じられぬ光景を目にすることとなった。

上陸直後、吾々の宿舎となった舞鶴援護局の周辺には、新しい鉄条網が張り巡らされていた。さらに武装した警官隊が鉄条網の外に、中を監視するように配置していた。

あのシベリアの収容所そのものだった。

出迎えた家族との再会の場は二〇メートルも離れたフェンス越しであった。さらに、帰還者を京都へ運ぶ国鉄当局は、ダイヤまでも組み替えて、乗換駅での滞在時間を短くし、帰還者たちだけが一つに集まらぬよう一般客のあいだに分乗させた。少人数ごとに京都駅まで運び、出向かえた家族に引き渡す方法をとった。

シベリア帰りは共産主義者というこの噂を真に受けたのだろう、親兄姉までが惑わされていたようだ。

故郷に帰り着いた後も、警察が、シベリア帰りの者のいる家々に調査に来たこともある。

この話は栗林英一がシベリヤから帰った昭和二十四年（一九四九年）の話だ。苦難の末によやく故郷に生還したシベリヤ復員者の栗林英一を待っていた厳しい現実がそこにあった。

英一が秋田の実家を前にしてすぐには家に入らず、半日も松林の中にいたのは、家族の反対を押し切って満州に出奔《しゅっぽん》したことも一因であったけれど、それ以上にこうしたことが大きかったのだろう。

彼が苦難の末に故郷の秋田の実家にたどり着いたのは満二十七歳だった。人生の最も多感な青春期は戦争によってズタズタに引き裂かれてしまっていた。そして、彼はまたそこから戦後の混乱期の中に放り出されたのだ。

六　小説家への夢と駆け落ち

英一は帰国後に秋田魁《さきがけ》新聞の記者になろうと思い立ち、面接を受けて与えられたテーマの取材記事を書いてそれを提出した。それが認められて晴れて新聞記者になった。新聞社の中に自分の机が与えられて、そこに座って希望に夢を膨らましたことが書簡に綴られている。しかし、その夢も三日だけの淡い夢でしかなかった。秋田魁新聞の経営者が日満高等工業高校の校長と同級生で、英一の履歴書を見て問い合わせをしたのだった。警察に留置された経歴や反戦的な活動が明らかになったのだろう。

その後秋田でどう過ごしていたかは、その頃のことを書いた以下の書簡を読むとわかる。新聞の編集の仕事をして傍《かたわ》らに小説を書き始めていた。そこで、新進作家としてデビューしたばかりの椎名麟三との交流も記されている。

私が復員して少し頭がおかしくなった頃、新聞編集の仕事をしていた。なかなかうまくいかずにもう投げようと思っていた矢先に、募集していたこの仕事に応募してきた女の子があった。それでもう少し続ける気になった。私はその女の子が好きになって夢中になってしまった。しかし片思いだった。

やがて彼女に婚約した恋人がいることがわかった。私は嫉妬してその女の子をやめさせてしまった。その自分の行動に自分自身ひどく傷ついて、それを『窓から』という初めての小説に書いた。

それをある新聞社の懸賞小説に応募したところ受賞をしたのだ。その新聞社の編集者に言われた。

「椎名麟三を知ってますか?あなたの作品の中のリズムは椎名さんのものと同じだ」

そう言われて初めて椎名麟三という新進作家がいるのを知った。

椎名麟三は私より一つ上で、戦前に共産党弾圧で特高に逮捕されて投獄されている。そして戦後に転向をして、ニーチェやドストエフスキーに心酔をして小説を書いた。処女作は昭和二十二年（一九四七年）の『深夜の酒宴《しゅえん》』だった。

私は早速椎名麟三の第四作で発刊間もない『永遠の序章』を買って読んだ。感激した。そして長い依頼の手紙を添えて、これまでに書いた作品の原稿全部を椎名さんに送った。彼からは丁寧な批評と激励の返事が来た。私は小説家になれるかもしれないと、大きな期待に胸を膨らましていた。そして無謀にもトランク一つ提げて東京に出てきたのだ。アパートを借りた。そして椎名氏の自宅を訪れて指導を仰いだのだ。

かって会社に勤めていた時に書いた短編『生活の憂悶《ゆうもん》』という小説は、椎名麟三から、これは釘が一本抜けていると言われた。私は戦後派なる間抜け達に生活の彼岸と此岸《しがん》がわかってたまるか！と言って嘆いた。

他に『ダンベ船』という短編も書いた。シベリヤで五万人もの捕虜の中からくじ引きで他に行く人が百人選ばれることになった。私の集団からは一人選ぶことになり、そのくじ引きの朝、私は突然手を上げて前へ出ていました。この様子を表現するすべがなく、舞台の上のように大きな死体に群がる小人達が、ツルハシで目や耳を傷つけて赤い血を撒《ま》き散らしながら、どけ！

どけ！と怒鳴りながら街路に飛び出して行く様を書いたのです。しかしこんな叫びの文学は通用するはずもなく、この作品の講評を頼んだ野間宏の家の玄関先で「君は労働者ですか？」と聞かれた屈辱は忘れることができません。戦争によって人間が崩壊してしまったのに、在来の言葉や手法でしか書いていない野間宏の『真空地帯』や大岡昇平の『俘虜記《ふりょき》』は解体された人間とは縁のないものなのだと心の中で叫んでいました。

しかし、こうした厳しい批評もさることながら、まだやっと売れ始めたばかりの作家が場末の六畳一間のひどい貧乏生活の中で原稿を書いていたそのすざましい有様に、私はたじろいでしまった。

結局私は又トランクを提げてトボトボと秋田の家に帰ったのだ。上野まで送ってくれた椎名さんとドストエフスキーを語ったことを記憶している。

その後取材のために一度私の秋田の家を訪れた椎名さんは、もう戦後派の流行作家になっていた。

私が東京でアパート生活と会社勤めをしていた時代に、何度か世田谷の椎名さん宅を訪れた。

大きな一戸建ての家だった。彼は食べることの責任は負えないが、「会社勤めを辞めて書くことに専心したら」と私に勧めた。

その後だいぶん経ってから東芝ビルの前で待ち合わせてあったことがある。椎名さんは私に聞いた。

「どうしてる?」

「元気で仕事をしてます」

そして喫茶店で長い間の二人の生活を色々と話し合って別れた。

それから一ヶ月ぐらいして朝刊を開けてみると椎名麟三が亡くなったという記事が出ていた。心臓を患《わずら》っていた。

さて、私と椎名さんとは本来的には異質です。椎名麟三の新しさは野間宏たち戦後派の実存などと言ってましたが、そんなものではなく、例えば繰り返しの言葉が、どこへ行くのだ、どこへ行くのだ、というふうな文体が時に見えます。主人公の独白というより、その生存の透明な追い詰められた世界を表現する内部風景とも言えるこの繰り返しの手法は、日本文学に全く新しいものだと私は考えて来ました。それは椎名さんが底辺の労働者を体験したことと、投獄されたことも関係ありますが、自己解体（又は自己崩壊）によるものだと解釈してますが、私たちが軍隊で死によって自己崩壊したことこれは通底《つうてい》します。自己崩壊から魂が真に自立するまでのすざましい戦いを人はあまり見ようとはしません。もっとも崩壊者はひたすらそれを押し隠して、社会での蘇生を図ろうとして生きるわけですから。

例えればなんの作品だったかに、こんな光景が描かれている。

そこはマッチ工場で　男はマッチ棒を作っています。機械に触れてマッチ棒は四散して棒クズが山のようになっていきます。男はグラインダーに指を突っ込んで自己覚醒《かくせい》を図ろうとします。又こんな光景もあります。バーを飲み歩いて来た男が又次のバーに寄ろうとするとヤクザ風の男二、三人に囲まれます。すると主人公はやにわに（いやノロノロと）頭を大ガラス戸にぶつけて血だらけになります。ヤクザ達は薄気味悪がって後ずさりします。

椎名麟三の『永遠なる序章』の中にも繰り返しの手法はある。椎名さんのこうした文体を手掛かりにして、作家論を展開した人は私の知る限りでは一人もいない。でもこの新しさ、言い換えれば人間のこの危機感を現代文学に継承しようとする人もいません。

私が自分の作品の中で選んできた繰り返しの手法も椎名さんとは別の体験で（戦争体験ですが）同時代として共感を持っていた。編集長が錯覚したエロチシズムも、絶望的になった時の人間のルサンチマンを虫や石や老婆に仮託《かたく》する遊魂《ゆうこん》のように、その部屋に人の顔に見える電影や、鏡や窓の外の景色に肉体を離れた魂が色づいて見えたものでしょう。その小説は『窓から』というものでした。後にも先にも私が受賞したのはその時だけでしたが、それも焼いてしまった。

それよりも実人生とは恐ろしいもので、その『窓から』の女性と三十五年ぶりに邂逅《かいこう》するということになった。バチが当たって病気になりましたが、でもこれは秘密です。

英一は秋田魁《さきがけ》新聞社を解雇されて、やむなく秋田市で自分で新聞を発行していたらしい。詳しいことはわからない。組合運動のプロパガンダの新聞だったかもしれない。地方紙の編集を請け負っていたのかもしれない。そして同時に小説を書いていた。ここで処女作品が『窓から』が受賞をしたのだ。それをきっかけに椎名麟三を知ることになった。そして野間宏とも交流があったようだ。原稿の批評を頼んでいる。

本人はこの秋田時代はこれ以上のことを語っていない。しかし彼のその後の人生の岐路になった大きな出来事が他にいくつかあった。

その一つは、鶴田智也と一緒に秋田文芸を創刊したことだ。椎名麟三と知り合った時期との前後関係はわからない。小説家を目指して活発に活動をしていたこの頃に相前後して交流していたのだろう。

鶴田知也はプロレタリア作家の葉山嘉樹に私淑《ししゅく》しており、青年期に北海道に住んでいたことがある。そこでアイヌの生活に触れて書いた『コシャマイン記』が第三回芥川賞受賞。アイヌの英雄の息子で侵入する和人に頑強に抵抗をして、最後はアイヌ同士の仲間割れと裏切りによって殺されるという話だ。しかしその後の鶴田はプロレタリア文学に対する政府の弾圧を受けて転向をした。そして戦争末期に秋田に疎開をして、戦後にそれを題材にした作品を多く書いている。『ハッタラはわが故郷』は小学館児童出版文化賞を受賞した。そして秋田の衆議院議員や市長選に立候補をしている。昭和二十五年（一九五〇年）ごろから東京に出て農業雑誌の編集長など、農業運動の指導者となった。

英一はこの鶴田知也と秋田文芸を創刊した。しかし一度もそこに作品を掲載したことがなく、もっぱら文芸批評を担当していて、そこの人たちとはソリが合わずやめてしまったらしい。「私はいわゆる文学青年は好きではなかった」と書いている。

鶴田知也の経歴を調べてもこの秋田文学創刊の記録は残っていない。短期間で解散してしまったのだろう。その頃に英一は鶴田知也から、シベリヤノートを見せて欲しいとなんども頼まれたが断ったと書いている。

秋田市出身のプロレタリア作家、伊藤永之介とも交流があったらしい。『見えない鉱山』で、プロレタリア文学の新進作家として注目を浴びる。「文芸戦線」誌の編集に携わって多くの作品を残した。芥川賞候補にもなっている。プロレタリア文学が絶え間ない弾圧で衰退すると、やはり転向をして農村を題材とした作品を多く書いた人だった。

この時期に彼自身はシベリヤの体験を作品に書こうと苦心をしていた。しかし何度も書いたが、全て失敗をし、その作品は単なる叫びでしかなかったと述懐《じゅっかい》している。

書簡や手記には書かれていないもう一つの大きな出来事があった。それはこの時期に後に夫人となる鎌田英子と知り合ったことだ。

彼女は昭和二年（一九二七年）生まれで英一より五歳下だった。秋田市内の東北電力に勤めていて、組合運動をしていたという。当時は労働運動が活発な時代だった。団体交渉をやってストライキもやった。彼女は若くしてその職場の組合運動の中心的な活動をしていた。共産党員だったのかもしれない。職場で次第に会社側からパージされた。やがて同僚たちが彼女を避けるようになったという。英子は文学少女でもあった。多くの詩や短編小説が残されている。

英一は復員してすぐに労働運動に参加していた可能性がある。詳しい経緯はわからないが、ここで鎌田英子と恋仲になったのだろう。

鎌田英子は秋田藩に仕えた旧家の鎌田家の血を引く娘であった。祖父は佐竹藩に使える武家で鎌田孫作という。孫作には男子がなく娘二人であった。長女が養子をとって鎌田家を継いだ。次女も同じく養子をとって鎌田家を分家をした。その次女が英子の母であった。父親の金之助はやがて外に女を作り家を出奔《しゅっぽん》。その後に誠作という養子が入った。英子の義父である。しかしその誠作は遊蕩《ゆうとう》者で、その分家の鎌田家の全財産を食いつぶしてしまったという。

この話でわかるのは鎌田英子は資産のある秋田市の旧家の出身だったということだ。そして文学少女で組合活動家だった。

このころは敗戦後の解放された自由な時代で、労働運動や共産党の活動が活発だった。しかし朝鮮戦争を機に次第に政府の組合活動や共産党への抑圧が強くなった。しかも二人ともに旧家の出身であり、保守的な親兄弟や親族から非難されて、経済的にも追い込まれていったことが推測される。もちろん二人の結婚は両方の親族から反対されただろう。英子は自殺未遂事件を起こしていた。

栗林英一は英子と手に手を取って東京に駆け落ちをした。

復員後何年ほど経ってからなのか、手がかりはない。三年後ならば、英一は二十九歳英子は二十五歳だったろう。結婚式などはせず入籍をしただけだった。

七　六畳一間の東京暮らし

東京の大田区の池上本門寺近くにアパートを借りて、そこが故郷を捨てた二人の新居になった。小さな流しとガスコンロ一つしかない　六畳一間の古びたアパートだった。鍋釜やタンスや下駄箱すらない。貸し布団屋から借りた一組の布団で寝ていた。とりあえず鍋や薬缶《やかん》、食器を少しずつ買い揃えた。みかん箱を逆さまにして、その上に新聞紙を敷いて御膳の代わりにした。

この頃秋田から東京に戻って『共同農業』という定期刊行紙の編集長をしていた鶴田知也に頼んでそこの編集部に就職をしたという。しかし月給三万円ではとても生活ができないので早々にやめてしまった。

英一は仕事を探して職安に通った。そして手当たり次第に色々な仕事をやっていた。賃金は安くその上不安定で何かあるとすぐにクビになった。また別の仕事を探した。日雇いや夜警もしたことがあったという。

この生活苦から何としても抜け出さなければならない。生きていくだけがやっとで文学などやってはいられなかった。悩んだ末に小説家への夢を諦《あきら》め、今までに書いた詩や小説の原稿、集めた資料やシベリヤノートなどの全てを、すべて焼却してしまった。受賞作品『窓から』の原稿も焼いてしまった。

しかし文学は捨てたが、抑圧され弾圧されて次々に転向をした多くの文学者たちのようには、決してなるまいと内心悲壮な覚悟をしていた。

彼が満州に飛び出した時に、小林多喜二や幸徳秋水、大杉栄になることが夢だったと書いている。プロレタリア文学や無政府主義を主張して、激しい弾圧に屈せずに最後まで戦い続けた人たちのようになりたいと思っていた。そして理不尽な国家や封建的な故郷を捨てようと思ったのだ。徴兵されて入隊した軍隊でも反抗的であったし、そうでなくてもその反抗的なそぶりを気付かれて、上官から繰り返し過酷な制裁を受けていた。そして最前線に追いやられて死地《しち》を彷徨《さまよ》ってきた。

彼はシベリヤの厳しい捕虜生活の中にあっても、内心では決して転向をしなかったし復員後もそうであった。だから国家や組織や家族や親族に依存せずに、独力で生きて行こうとして、激しく自分を叱咤《しった》してなりふり構わずに働いたのだ。大きな組織には決して入るまいと思っていた。

しかし現実は厳しかった。悪戦苦闘の末にとうとう生活に窮《きゅう》して、やがてエバーブラック社という会社に入社した。社長が北千島の幌筵《ぱらむしる》島で一緒だった戦友だったという。何かのきっかけで誘われて入社したらしい。

この会社はアルミの表面処理をする会社であった。カメラのアルミのケースやレンズ筒を化学処理をして傷つきにくく表面硬化させ黒く染める。ちょうど日本のカメラが急成長をして、その需要が急速に伸びた時代であった。ようやく定職を得て、社長の信頼も厚く英一の生活は経済的に安定し始めた。

このエバーブラック社で英一は持ち前の能力を発揮して、大きな業績を上げていた。社長からの厚い信頼を得ていたばかりでなく、多くの若い社員に慕われていた。彼らは英一の池上の六畳一間のアパートに集まってよく一緒に酒を飲んでいたという。
彼はそこで働く若い社員たちに仲間として優しく接し、助力を惜しまなかった。いつでも弱者には優しかった。しかし一方で会社の幹部として業績を上げなければという強い使命感や自負心もあったから、その間で板挟みになって苦闘していたと思われる。その十年間の記録はほとんど残されていないが以下の書簡にその頃のことに触れている。

私は十年間ちょうど一日も違《たが》わず勤めて、精神的に気狂いになる寸前まで追い詰められてしまい、前後のことを考える余裕もないままにその会社を辞めました。もう二度と勤めはしないと決心して街に出た。しかし食べていく当ては何もなかった。自分に誓ったことは、死んでも組織には戻らないこと、ただそれだけだった。そして弱肉強食のこの経済社会で生きていくために、いざとなれば泥棒になればいいんだと半分本気で思っていた。私が辞める時「鞄《かばん》持ちでいいから一緒に仕事をさせてくれ」

と懇願してきた男がいた。彼は元日産自動車販売のトップセールスマンを自称していた。彼は始めから泥棒を考えていたらしく

「万が一の場合は自分が刑務所にいる間、女房子供の面倒を見てくれればいいのだ」

と喫茶店の中でコーヒーを飲みながら平然と言った。いくらなんでもそれは断ったが、しかし私は心の片隅では、いざとなれば物が書けるという逃げ場を用意していた。

金がなくなると水を飲んでばかりいた。夜警の仕事もした。印刷所を借りて社会党のパンフレット作りもした。「おい、印刷屋！」と電話で呼ばれ、あの堀端の社会党本部になんども足を運んだ。

四十歳からの独立、自立で大変だったが、私の本当の素晴らしい人生はそこから始まったのだ。

このころに栗林英一はその後の生涯の心の支えとなって、死ぬまで書簡を交換することになった林俊夫氏と知り合った可能性が高い。ちょうど林俊夫氏が敗戦の二年後に上海から帰還し

て、東久邇宮内閣の国務大臣緒方竹虎の秘書をやって、その後に新聞の編集や発行をやっていた時期と重なる。その新聞の編集の仕事を栗林英一に頼んで関係ができたのかもしれない。知り合うきっかけは書かれてはいないが、時期的にはこの頃であったと推測される。

林俊夫氏は明治四十二年（一九〇九年）京都生まれで、早稲田大学を卒業して朝日新聞社の記者になった人である。

太平洋戦争の開戦前夜の昭和十六年(一九四一年)の十月にゾルゲ事件が摘発された。ソビエトに機密情報を流したというスパイ罪でリヒャルト・ゾルゲと数人のロシア人、朝日新聞社の元記者で近衛内閣参与でもあった尾崎秀実や、朝日新聞社の政治経済部長田中慎次郎、同部員磯野清、西園寺公一などの関係者が十数人逮捕された。尾崎秀実とゾルゲは死刑になった。大事件であった。

尾崎秀実は朝日新聞社の記者で第一次から第三次までの近衛内閣の参与を務めていた。近衛文麿はマルクス経済学者で共産主義者であった河上肇や被差別部落出身の社会学者・米田翔太郎に学ぶために東京大学から京都大学に転学した人で、共産主義に共鳴をしており、その関係で尾崎秀実をアドバイザーとして重用した。尾崎は郭沫若《かくまつじゃく》や魯迅《ろじん》などの中国左翼作家連盟の人々とも交流があり中国共産党とも交流したコミンテルン（国際共産主義）の一員であった。林俊夫氏もマルクス経済学を学んでいて、その一員であったと思われる。

林俊夫氏は政治経済部の記者として上海支局に席を置いて、海外の情報を収集して翻訳しそれを近衛内閣参与の尾崎秀実に流していた。その時に摘発は免れたが、朝日新聞社は彼を国内に置いておくのは危険だということので、退社させて上海に身を隠すように密かに手配をした。

第二次上海事変直後の上海に渡航した彼は海軍嘱託の特務機関員として、日本の広報宣伝のための新聞の発行をすることになった。やがて上海で敗戦を迎えその後は蒋介石率いる国民党に協力をして、二年間は国民党の広報新聞の発行をしていた。その後蒋介石率いる国民党が毛沢東の共産軍に次第に圧倒されて、上海に危険が迫る頃になって日本に引揚《あげ》た。帰国後に林氏は、東久邇宮内閣の国務大臣に就任していた朝日新聞の副社長であった緒方竹虎の秘書になった。そして、その後東京で新聞の編集発行をしていたという。

栗林英一はこの時に林俊夫氏と思想的に共鳴して、その後の長い交際が始まるのではないか。

この林俊夫氏とは晩年に三百通以上の書簡を交換してそれが残されている。この自伝も多くはその書簡をもとに書かれている。栗林英一と林俊夫氏はシベリヤ抑留者と上海逃避行者で、共にこの日本の戦争の犠牲になって人生を翻弄《ほんろう》をされた人であった。晩年に多くの書簡を交換することになったが、林俊夫氏の書簡にはこの日本の戦争のおぞましい秘密が多く書かれていて現代史の貴重な資料となるものだった。それはまた後に詳しく詳述する。

八　ルプレザンテ社の創立と発展

英一はエバーブラック社を退社してから、とにかく日々の生活費を稼ぐために様々な仕事をした。少しは蓄えもあったので、今度はさすがに夜警や日雇い労務者まではしなかった。彼が得意とする業界紙の編集やパンフレットの制作、印刷などの自分に適した仕事を探していた。覚悟をしてはいたが、収入は少なく不安定だった。

退社する少し前には横浜の戸塚区平戸町に、狭い土地と平屋の中古住宅を購入しそれを二階に改築した。そのローンも払わなければならない。

しかし英一は何をするにも自分一人の意思で進められるという自由さが格別に嬉しかった。解放されたという気持ちでいっぱいだった。国家や自治体組織や大きな会社組織に頼らずに、自分一人の意思と実力で生きていくのは、アナーキストの理想でもあった。

やがて企業の販売促進の市場調査や営業企画、その販促印刷を請け負う小さな会社を設立した。ルプレザンテ社だ。その様子が以下に書かれている。

文章を書いたり詩を作ったりすることには自信があったので、自称コピーライターとして方々に声をかけて名刺を配って歩いた。小さな事務所も作った。これまで色々な会社と仕事で付き合いがあったが、その体験から一番風通しが良さそうだった東芝電気を選んで、何年も足を棒にして通いつめてやっと仕事らしい仕事をもらうことができた。当時四十歳をとっくに越していた。

ちょうど臨調《りんちょう》の土光さんが東芝の社長になった頃だった。東芝も多角化で住宅を作るということで、私はそこへ熱心に出向いて、住宅に関する情報を全てかき集めて提供をした。和辻哲郎の『家政論』や西山卯三の『日本の住まい』、モースの『日本人の住まい』、内務省地方局が手がけた『田園都市と日本』などの全てを読み尽くして、その戦いに挑んだ。電通との情報戦で負けなかった。

その結果一番情報を持っているプロダクションだという評判を取り、そして東芝が住宅を作り販売していくための全ての販売促進を一手に引き受けることができたのです。


このころの英一の仕事ぶりは超人的だったという。市場調査や販促企画の要望があると、他社が組織ぐるみで一週間かかることを、たった一人で一日でまとめあげて提出したという。思いついたことはすぐに行動をした。しかも仕事は綿密で精緻《せいち》であった。天才的な能力だった。

その頃ちょうど住宅建設ブームが起きていた。既存工法の住宅メーカーも活況であったが、新たにダイワハウス、ミサワホームなどのプレハブ住宅メーカーが急成長をしていた。そして松下電器、トヨタ、東芝などの大手企業も多角化の一環で住宅市場への新規参入を図っていた。ルプレザンテ社はこの情報を掴《つか》んで、いち早く動き出した。

特に東芝電気が住宅部門に進出する情報をキャッチしてからの動きは驚異的だった。電通などの大手企業がモタモタしている間に、驚くほどの速さで徹底的な調査をして企画案を提案していった。

東芝は栗林英一が企画した案を採用して、住宅部門への参入を決定して東芝メゾン社を設立した。

その頃のプレハブ住宅ではダイワハウスが先行していた。そこの創業者で会長だった石橋信夫はシベリヤ抑留されていた時の収容所で一緒で、陸軍士官学校出の上官だった。英一の人並み外れた才能を認めていたのだろう。その縁故で英一はダイワハウスの技術を東芝メゾンの住宅に導入してその基礎部材を使うことを提案した。そしてダイワハウスの技術者七人を引き抜き、彼らが東芝メゾンを主導して行った。やがて事業は軌道に乗り、最終的にルプレザンテ社が東芝メゾンの販促企画や市場動向調査、宣伝のための印刷物などの一切を一手に受注をすることになった。

これをきっかけにルプレザンテ社は急成長をして行った。従業員を十人ほど雇い大きな事務所に移転をした。東芝以外の企業の販売企画や市場調査の仕事も急増をした。既存商品の販売促進企画、新製品の市場調査、販売促進マニュアル制作、販売店の活性化企画などを次々に手がけた。時あたかも日本経済の急成長期でもあって、業績は鰻上りであった。

この頃のことを彼は述懐《じゅっかい》している。自分が最も充実して幸せな時代だったと。もちろん経済的にも急速に豊かになった。

この時に栗林英一は戦争やシベリヤ抑留、東京での貧乏生活などの長いトンネルを抜けて、ようやく明るい充実した人生を獲得したとも言える。東芝メゾンの販促や不動産投資、アパート経営も手を広げていた。

そして横浜の戸塚の住宅地の一角に土地を購入して、マロンビルの建設を計画した。一階はイタリアンレストラン、二階はカルチャースクール、三階は住居にする計画だった。一階と二階はこの住宅地の住民の交流の場にしようと考えていた。一階は集う人たちが食事をする場としてレストランにした。このレストランはコックと従業員を雇ってその経営を英子夫人に委ねた。苦労を共にしてきた夫人への感謝を込めたものだったのだろう。

ビルの建設はのちに栗林夫妻の養子になる丸山三郎氏が経営する丸三工務店が請け負った。戸塚区平戸町の栗林邸を丸山三郎氏の兄が経営する工務店が手がけた縁で三郎氏と知り合い、東京で学校を出てすぐに工務店を開業した三郎氏と付き合い出したという。英一が保証人になって銀行から融資を受けた。

丸三工務店は住宅展示場を借りてダイワハウスの住宅を販売して、その建設もやっていた。折からの住宅ブームで受注は好調で二十人もの職人を使っていた。まだ創業してまもない若い三郎氏は狭いアパートを工務店の事務所にしていた。英一は若くて独立したばかりの三郎氏を応援したかったのではないだろうか。このビルは三郎氏と同居を目的にして建設されたという。

当時既に五十二歳になっていた英一夫妻には長い間子供ができなかった。英子夫人はなんども流産をしていた。

英一は秋田で学生の頃にカラテ道場に通っていたという。父親や家族との折り合いが悪く、街に出て突っ張っていたのかもしれない。その頃から弱者をかばい理不尽な強者に歯向かっていた。喧嘩をして睾丸を潰されたのが不妊の原因らしいという。

夫妻は子供は諦めていたし、あまり強く望んでもいなかった。家族主義、血縁、親族とその延長にある国家主義と戦い続けてきた人だから、そうだったのだろう。

その住宅の建設が進んでいた頃に丸山三郎氏は見合いをして、結婚をすることになった。それを聞いた英一は「結婚をするならば、いっそのこと私の養子になって一緒に住んでもらえないか？」と三郎氏に頼んできた。

三郎氏は栗林英一という人間に惹《ひ》かれていた。仕事をする時には驚くほどの能力を発揮して、組織や権威に依存せず独力で超人的な努力をする人だった。徹夜を厭《いと》わなかった。地位や権力を笠に着て威張る人には激しく反発した。

しかしその反面、立場の弱い人には思いやりがあって優しい人であった。エバーブラック社の社員は英一が退社してからも、家に訪ねてきて酒を飲んでいた。それればかりか二十年以上経ってからの英一の葬儀の時にはそのエバーブラック社の社員が大勢集まって参列した。ルプレザンテ社でも上司という権威を振り回さなかった。彼の下で社員はのびのびと働いていた。

三郎氏は住宅建設の仕事を通じて、そういう氏をよく知っていたから、その申し出を喜んで承諾した。そして英一と一緒に市役所に出向いて養子縁組の届けを出した。

その後三郎氏が養子になったことを新潟の父母や兄に報告をすると、激しく叱られ非難され大変だったという。しかし三郎氏は「自分の人生は自分で決めることになんの躊躇《ちゅうちょ》もない」と新潟の父母の反対は少しも気に留めなかった。

戸塚のマロンビルが完成して、一階のレストランも順調に営業を始めた。養子になった三郎夫妻がそこへ同居した。家事とレストランは英子夫人と三郎氏の夫人が担当をした。英一はそこからルプレザンテ社に通って忙しく働いた。三郎氏は工務店の経営が忙しく、どれも順調に発展して栗林家は経済的にも驚くほどに豊かになった。

郷里の父母や兄弟を捨てて、満州、シベリヤ、そして東京に移り住んだ長い苦闘の末にたどり着いた穏《おだ》やかな家庭と事業での成功だった。
英一は、この頃が最も幸福で充実した時代だったと後年に述懐《じゅっかい》している。

九　癌による暗転と挫折

敗戦後からこの頃までの日本経済は高度成長を続けていたが、昭和四十八年（一九七三年）十月の第四次中東戦争によるオイルショックを機に終焉《しゅうえん》を迎え、戦後初めてのマイナス成長を記録した。インフレを抑制するために公定歩合が九パーセントに引き上げられた。このために日本経済は急速に冷え込んで安定成長期に向かっていった。

東芝メゾンも立ち上げから順調に事業を拡大してきたが、競争が激化し同時に住宅建設も一段落してルプレザンテ社も一時ほどの受注も見込めなくなってきた。次第に採算が厳しくなっていた。

自分の家族と十人ほどの社員の生活がかかっている。英一はなんとか新しい仕事を見つけて、事業としての発展をするにはどうすれば良いのか、日夜悩むことが多くなった。逗子の林俊夫氏を訪問して、相談に乗ってもらうこともあった。

ちょうどその少し前には、林俊夫氏の京子夫人が長崎での被爆体験を描いた『祭りの場』という作品で第七十三回の芥川賞を受賞していた。家族ぐるみの交際をしていたから英一夫妻も京子夫人をよく知っていた。

英一は仕事一筋にやってきたが、仕事が少しずつ行き詰まっていた。多くの社員がいたから、なんとかしてやりたいと思ったが、状況は次第に悪化するばかりだった。新しい企画や仕事を日夜模索していた。

その頃英一は思い悩んで苦しくなると、会社を抜け出して羽田空港のデッキに立ってジェット機の爆音を聞きながら離陸する飛行機を眺めることが多かった。彼が何気なく周囲を見ると目的もなさそうな中年の人が、いつも数人呆然《ぼうぜん》と立ち尽くしていて、金網に頬を押し付けながらあたりを揺るがす爆音を聞いていた。英一はそこに自分の姿を垣間見たという。

そんな日々を過ごして次第に体調を崩して、とうとう自宅で倒れた。英一が五十七歳の時であった。

近所の主治医に紹介されて精密検査をすると重度の喉頭癌《こうとうがん》の腫瘍《しゅよう》が発見された。結局、日赤病院で手術をすることになった。手術は肋骨を四本切除し、喉《のど》に空気穴を開けるという大手術だった。幸いに声帯は取らずに済んだが、手術後に意識不明になり仮死状態に陥《おちい》って、十日も生死の境を彷徨《さまよ》っていたという。手術後の痛みも和らぎ、だいぶん落ち着いてから書いた書簡にその時の様子が記されている。

手術を前にした不安と恐怖、そしてその後の激しい痛みや苦しみを克明に記している。その恐怖や苦しみの全てが、北千島の戦争の体験を呼び覚まし、なんども生々しく追体験をしている。占守島のわずか三日間の戦闘が彼の生涯にわたって拭《ぬぐ》えないトラウマになっていることが判る。

その詩と手紙の一部を要約して以下に記す。

喪失《そうしつ》したもの

私の首には頑丈な鉄の輪がはめられている
両肩には錘《おもり》が縛りつけられている
喉《のど》の小さな穴からわずかな息を吸い込む苦しさ
私は毎日何か叫んでいるらしい
巨大な組織の中のベッドに縛り付けられて
激しい苦痛と恐怖が予告なく強いられる

この屈辱と怒りをどこへ向ければいいのか
患者の痛みと苦しみを置き去りにした医療
あまりに理不尽に無残な恐怖と痛みを強いられ

ビルマの戦線で見捨てられた東北の兵士がいた
凍てつくシベリヤに打ち捨てられた兵士もいる
私も祖国、郷里、家族の何もかも捨てようとしていた

あれから三十数年を経たけれど
その時間は虚《むな》しい幻想のようだ
あのシベリヤで私は何を失ったのだろうか？

私は仮死状態が十時間も続いて瞳孔《どうこう》が開きっぱなしで、体は硬直して手術台に投げ出されていた。医師は「これは脳死でもう助からない。助かったとしても植物人間です」という。それにもかかわらず必死に蘇生《そせい》を願った家族の惨《みじ》めさが、胸にこみ上げてきた。病気が家族に与える荒廃《こうはい》のすさまじさが胸に応えた。

今は重心を失ったような状態だ。三十分置きに襲ってくる発作で、咳き込み痰《たん》を吐く。本も

読む気力がない。仕方なく枕元に置かれている古いアルバムを開く。そこには遠い過去が息づいていて、黄色に焼けた写真の向こうに、自分が葬った秘密が語りかけてくる。

そこには薔薇色に輝いていた未来への入口がいくつもあって、私は全てに背を向けて惨《みじ》めな路地裏の現実を選んでしまった。あの満州や朝鮮での晴れやかな青春は、私たち戦争世代の共通して失った幻想だった。

私は苦痛というものがどんなに恐ろしいものであるかを知った。その恐ろしさは直接肉体に取り付き際限なく存在を脅かし、ついにはそれを崩壊させる。生命を直接脅かすのだ。それゆえに苦痛のない死が美しく造形され、抽象的に語られてきたのだ。

私はようやくその激痛から解放されて病室のベッドで、白い天井を呆然《ぼうぜん》と眺めていた。病室の外の池に反射した光が、天井でゆらゆらと揺れていた。シルエットの鳥が飛び立っていった。その光景は例えようもなく穏《おだ》やかで透明だった。幸福であった。

英一がシベリヤのコルホーズで体験したものと同じような透明な麗《うるわ》しい充足感が、病後の激痛の去った後にあった。その意識はすさまじい恐怖と苦痛がもたらしたものだった。彼が繰り返し書いている自己崩壊、喪失の結果もたらされた感情だった。

彼の瑞々《みずみず》しく繊細で傷つきやすい青春期は、理不尽な暴力によって堪え難い恐怖と苦しみに晒《さら》され、深く傷つき歪《ゆが》められてしまった。穏《おだ》やかに育ったならば発揮されるはずであった本来の個性は、すっかり失われた。それでもなお屈せず抵抗をして、生き延びてきた彼は、しかし、そのトラウマの中で生涯苦しんだのだ。そしてそれらに屈せず戦い続けて、ようやく手に入れた穏《おだ》やかで充実した人生は、この残酷な病のために再び失われてしまった。その挫折感が彼を苛《さいな》んでいた。

しかし次第に回復するに従って、彼は入院している病室で少しずつ新たな夢を紡《つむ》ぎ出していた。

一つは未だ果たせずにいる念願の小説を書くことだった。ベッドの上でいくつもの構想を考え始めていた。詩も書き始めていた。

若い頃に交友のあった鶴田智也や椎名麟三、伊藤永之介そして野間宏もすでに著名な小説家になっていた。林京子も芥川賞を受賞していた。自分にもその能力はあるという自負が、この命の瀬戸際に再び強く彼を捉《とら》えてきた。どうしても作品を描きたいと。

長い入院を終えても頻繁に通院して、検査や治療をしなければならなかった。夫人に付き添われて繰り返し通院した。抗がん剤の副作用に苦しみ、それをやめて自宅で英子夫人から丸山ワクチンの注射をしてもらっていた。手術で気管が潰《つぶ》れたので人工気管が挿入されていて、それを通して呼吸をしていた。痰《たん》を出す吸引器を手放せなかった。

もちろん以前のような徹夜も辞さないような激務は無理だった。彼一人の卓越した能力に依存していたルプレザンテ社は、景気の悪化も重なって次第に採算が悪くなっていったのは、仕方のないことだった。

やがて彼はこの夢を託した会社の清算を余儀なくされた。苦しんだであろう。彼は挫折をしたと書いている。

そして自宅で療養をしながらマロンビルのレストランでコーヒー入れをして働くことになった。

捨てたはずの故郷へ回帰し始めたのもこの頃からだった。養子の三郎氏が事情があって最初の夫人と別れていた。やがて英一の取り持ちで秋田の人との再婚の話がまとまり、その結納で故郷に帰っている。入院後の初めての旅行だった。痰を吸引する機械持参で英子夫人の付き添いでの帰郷だった。

三郎氏の結婚式は横浜で盛大に執り行われた。秋田から英一の六人の兄弟夫婦をはじめとして、大勢の親族を招いた。

病に倒れはしたが、ルプレザンテ社の成功によって経済的にも大きな成功を収めて、マロンビルやレストランの経営、建築事業をしていた彼の錦の御旗を掲げたある意味の帰郷だったのだろう。若い頃に故郷を捨てて満州やシベリヤを彷徨《さまよ》った彼の空白を埋めもどす作業でもあった。

その結婚式の後に兄弟親族への思いを込めた詩を書き上げている。

『兄弟よ　我ら一門の旗を高く掲げよ』

うたげありて遠くより吾《われ》ら集いきぬ
語らいは暮らしの間に満ち
幼い日はよみがえる
愛しき兄妹よ　弟よ
幾年か巡りて
戦などあり
我らそして再会す
北浦よ　阿仁合よ　稲庭よ

ああされど同胞よ
きょうだいよ

いまだ一門の中に
旗手の育たざるを嘆かん

いまはただ旗むなしく
広野にたなびく
ああ軍用列車が北に向かうとき
弟は叫んだ
兄いよ　銃を取るな！

そして北満に死の別離があって
泣いている妻を
隊列から叱咤する夫はいった
妻よ！　元気を出せ

太郎を頼むぞ　内地で会おう

七つボタンも南海に散って
シベリヤの広野から
兄は詩をよせる
ああ
あの飛行機雲のように
弟よ！
君もあの幻想の英霊となるのか！

きょうだいよ
家紋にこだわるのをやめよう
象徴の旗はなくとも

みよ　喉笛《のどぶえ》を切り取られた伯父と
腎臓を掴《つか》みとられた叔父が
先頭に立って暮らしの丘をせめて行くとき
君たち　息子や娘たちよ
我らに続け！
何ものも恐れず　ひたすらに
前進して
勝利の旗を奪取せよ！

その頃に稲田茂氏への書簡を頻繁に出し始めている。
稲田茂は昭和三年（一九二八年）生まれのグラフィックデザイナーで「昭和モダン体」などの新しい書体を多くデザインしている。既にいくつかの本を出版していて、この頃に小説を書いて文学会への投稿を初めていた。彼とはルプレザンテ社の仕事で知り合ったのだろう。この頃以後に数十通の書簡を交換している。

ここには英一が療養をしながら小説への夢を育て始めている様子が書かれている。

文学会への原稿脱稿《だっこう》して送ったとのこと、その奮戦に頭が下がりました。百歩ならず万歩も遅れてしまった今となっては、身近の親しい人に受賞の栄誉が輝くことを心から祈らずにはおれません。

それへの道のりは私の病身には如何《いか》に重く遠いものか、嘆息せずにはおれません。このところ私は朝から晩までの十三時間、レストランの仕事でした。今まで二人いたコックが一人辞めて私が店番になったのです。最近補充のコックさんが採用できて、ようやく少し自由な時間が取れるようになりました。それで店の売り上げを集計してみると、このところの売り上げが大幅に減少をしているのを知りました。その上に頼まれて債務保証をした会社が倒産して、その債務が私に降りかかってきたのです。

私の創作に繋《つな》がるものといえばガラクタばかりで、今の重苦しい生活に押し流されるばかりです。

元気を出して！という言葉は辛《つら》い時にいちばん応えるものですが、元気は自分の中から掘り起こすものだと気付いた時に、私の絶望の深さがわかったのです。励ましは身に応えるものです。やる気は自分の中から掘り出すしかないと知ると、私の絶望の深さがわかるのです。

二十四歳の時にシベリヤから復員して友人たちの家を回り歩いて絶望の淵に立たされていた時、あなたは私の詩集を見て「よくできている。元気を出して頑張れ」といってくれたのです。それにどれだけ励まされたか。

今私は「もう少し時間をくれないかな」と今誰ともなく呟《つぶや》いています。

互いに文通をしていたが、稲田氏が体調を崩して入院した時に出したお見舞いの手紙とそこにあった詩も以下に載せる。

お見舞い状が遅くなり申し訳ありません。幸いに経過が良いとのことで安心をしています。今まで健康であったあなたにとっては大変なことだったろうと想像をしています。しばらくゆっくり休憩をしてください。

私も突然病魔に襲われ散々わめき散らし、嘆き、呪詛《じゅそ》し言葉の限りを尽くしたのですが、結局なにも悟ることができませんでした。確実に仕事を失ったこと、肉体の欠陥《けっかん》を知ったこと、そして死が一層幻想的に見え出したことでした。私は「元気を出してください」とはいえません。悔恨《かいこん》と失意が病んだあなたを襲うのは仕方のないことですから。

さて、いつの間にやら自分にも午后が似合うようになりました。今日も午后です。気に入った音楽を聴きながら店にいると、自分にも終わりが近づいているのに気付きます。さしあたって情熱を傾けるものもなく、諦《あきら》めるでもなく、しかし奇妙な愉《たの》しさに浸《ひた》っています。

先日は小学校の同級生と五十年ぶりに邂逅《かいこう》しました。秋田の山深い小さな温泉で酒を酌み交わしました。私の父が警察官だったので、一〜三年毎に秋田の各地を転勤していました。その頃過ごした町で、どうしても死ぬまで訪ねてみたいところがあったのです。その一つを今回訪ねたのです。三年ほど過ごした町でした。

紋長だった友の出迎えを受けて、懐かしい町を一緒に訪ね歩き、夢中で写真をとりました。温泉宿の宴会場で名前を忘れた初老の同級生たちと祝杯を重ね、お互いに健康第一だなと笑いあいました。時折互いに記憶が蘇って、遥《はる》かな時を感じて哀感《あいかん》に浸りました。

シベリヤから復員した頃、私は失った青春を取り戻すなどという気持ちはさらさらなく、猛り狂った獣のように父母や家を捨てて東京へ出奔《しゅっぽん》しました。その頃、列車で通り過ぎた思い出の北上駅。どれも私の遠い過去の忘れ得ぬ幻想です。この大切に蓄えている幻想を一つ一つ辿《たど》ることは、それを壊《こわ》していく旅なのでしょう。それは死地《しち》へ向かう旅なのかもしれません。

そして、今はなんとも焦点の定まらない生活を送っています。

くれる街

ああ　くれる街は

まるで渚《なぎさ》のように
夕日をいっぱいに浴びて
店の窓ガラスの中にある
犬を連れた老人が歩いている

喜びはあったか
暮れる年よ
君の齢を数える
母親もいなくなって
一人過ぎていった
幸せだったか
それとも不幸だったか

静かな胸の動悸《どうき》に
耳をすますと
メロディーは軽やかに
ロックを奏でて
君は手拍子を打ちながら
街路樹を数えている

相貌《そうぼう》よ
顔のない過去よ
今年こそは
確かな生きがいを掴《つか》もう

そして年は暮れて

私はまた独りになって
ジャズを聴いている
さよなら一九八四年

十　戦争を総括する小説へのアプローチ

彼は癌で九死に一生を得て生き延びたが、余命もあまり残されていないことを悟って、真っ先に思ったのは幼い頃過ごした故郷秋田へ帰りたいということだった。

室生犀星《むろうさいせい》の「異土の乞食となろうとも　帰るところにあるまじき」の詩そのままに秋田を出奔《しゅっぽん》した彼は、数十年を過ぎて今懐かしい故郷秋田に帰ろうと思ったのだ。

三郎氏の縁談や結納、そして同窓会で頻繁に秋田に里帰りを始めている。

そして、もう一つ深く心底で決意していたことがあった。何としても小説を書きたいということだった。

これまでにも折々に幾つかの短編を書いていた。復員後に受賞した『窓から』は完成した作品だったが今はない。そして病床で企図していた「浅間心中」「耳沼」「住めない街」などの未完のテーマがあったが、それは構想だけだった。おおすじは林俊夫氏宛の書簡に書かれている。

しかしそれは本当に書きたいものではないと彼は内心気付いていていた。

自分の最大のテーマは、自分の人生を翻弄《ほんろう》して蹂躙《じゅうりん》した、あのわけのわからない巨大な戦争体験だと思っていた。何十年過ぎても人生の折々に、その体験の傷跡が疼《うず》き血を流した。

何度夢にうなされ大声で叫んだか。何気ない人の言葉や音楽や映画に触発されて、突然に泣き出して涙したたか。忘れようと思っても忘れられなかった。それゆえに、どんなに難しくとも其《そ》れを書くしかないと思い始めていた。

巨大な力で理不尽にも自分や多くの心優しい仲間達を翻弄《ほんろう》して、傷つけ死に追いやった日本という国とはなんだったのか。その日本国がやった戦争を告発する小説を書きたいと。

彼は若い頃からプロレタリア文学やアナーキストの作品を通してそのいかがわしい正体をおよそ知っていた。国が守るべき国民をどうして虐待して苦しめ殺して、そして何百万人も異国に捨てたのか？

そしてその被害者である日本の人たちが、同時に他国の数千万人の人たちを苦しめ虐殺したのか。

その複雑怪奇な巨大な怪物の正体を暴くために、自らの体験をもとに本格小説に書き残したいと思った。残された全ての時間をそれにつぎ込もうとしていた。そして失われ傷ついた青春を少しでも取り戻したいとも思ったのだろう。

彼がシベリヤから復員してすぐに書いたものは、全て単なる叫びでしかなく、皆失敗したという。椎名麟三にその作品の批評を依頼して「これは釘の抜けた作品だ」と言われたと前に書いている。

あの戦争での生々しく悲惨な現実感、恐怖、皮膚感覚は言葉ではどうしても表現できない。どう表現すればいいのか、言葉では伝えられないと苦しんだ。その残酷な体験によって人間が崩壊するどころか、人格そのものが跡形もなく解体する。文字による情報伝達は不可能と彼は思っていた。

そして個々の戦争体験の断片をどれだけ正確に文章で表現しようとしても、結局真実に迫ることはできないと思ったのだろう。言葉と映像を用いたコラージュでの表現を模索していた。数多くの戦争の残虐な写真を収集して、それを文章の中にコラージュする。それを手探りで模索し多くの原稿を残している。そのために新たにカメラも購入した。自宅で療養しながらレストランの店番の合間を縫って熱海に出かけて、多くのスナップ写真を撮って小説の取材とコラージュの試作をした。熱海の赤いデイゴの花がそのモチーフになった。

そのカメラを持って満州や上海、ベトナムやマレーシア、韓国と日本の戦争に関わる多くの国々へ取材旅行をした。しかしその手法を用いても限界があることにも気づいていた。

そんな多くの試行錯誤の末に、彼は当事者である日本は無論だが、この戦争に関わるあらゆる国の歴史と戦争への経過を調べ、その状況の中で翻弄された自身の体験を通じてこの戦争を総括するしかないのではと、次第に思い始めた。

表現しようとする核心は直接言語で表現しなくても、周囲の状況を重層的に書くことによって間接的に表現するのが良いと思い至ったのだ。それがどれほど大変なことか彼は知っていた。しかしどんなに困難でも自分の最も切実な体験と思いを書かなければダメだと書簡の中で述懐《じゅっかい》している。

幸いにも少しずつ健康を取り戻して、経済的にもそれを支えていけるだけのものを彼は残していた。その全てをその作品の創作に注ぎ込もうという悲壮な決心をしていたようだった。それは戦争によって失われた青春を取り戻し、喪失した自己回復をしようという願いでもあったろう。そしてそれに翻弄されて犠牲になった多くの同級生、優しい友人たちの鎮魂《ちんこん》の思いだったのだろう。

それからの英一は入退院を繰り返し癌の治療をしながら、小説のための取材と調査を精力的に始めた。

まずは最も関心の深いシベリヤ抑留者の手記を洗いざらい調べあげた。シベリヤ復員者は約五十五万人いたからその手記は膨大に残されている。千冊はあったという。その中から二百冊を選んで購入して読んだという。その感想をこんな風に記している。

シベリヤ抑留の記録は千冊はあると言われている。今私の手元にはそのうちの二百冊がある。いつか自分のものを描く時に役立てようと思って買ったものだ。これを読んでみたが少しも感

心しなかった。肝心のところに嘘《うそ》があるのだ。

当時の私たち捕虜は現在のように物事を正確にみて、判断できる状態ではなかった。異常な精神状態に置かれていたのだ。だから今思い出して手記として纏《まと》めてみても、本当のものではないと思ったのだ。

また七百通ものシベリヤ抑留者の手記の座談会の記録を読んだが、ほとんど共通して、食うこと、帰りたい、酷《ひど》かったということしか書いていない。

画家の香月泰男のシベリヤシリーズが発表された。彼の絵を見て伝記を読み、彼の生地まで行って見たが、あの絵は彼がアフリカを旅行した時に見たキリストのレリーフが原型だった。

香月の軍隊仲間が書いたシベリヤ抑留記を読むと、そこに彼への多くの批判が見つかった。私のラーゲリでも麻原のようなヒゲの男がいて、毎日仕事もせずに一日中春画を描いて、ロシアの将校達にそれを売って白いパンを腹一杯食っていた。戦争というものは本当に不思議なものです。

闘病しながら、この頃から頻繁に取材を兼ねた海外旅行を始めた。

初めは韓国への旅行だった。この韓国への取材旅行は、丸三工務店で近所に住む韓国の方の住宅を建てたのがきっかけだった。立派な住宅を建設していただいたお礼に韓国旅行に招待を受けたことだという。

韓国は五十年も日本の植民地であり、鉱山労働者や慰安婦の多くが強制徴用《ちょうよう》され駆《か》り出されていた。秋田の鉱山にも朝鮮人労働者は多かったし、日満時代にチマチョゴリを着た大勢の慰安婦が北方戦線に送られていく姿を彼は同級生と秋田駅で目撃していた。

その韓国旅行の感想を稲田氏宛の手紙に書いている。

そこの主人は七十三歳のオモニ（母）で慶尚安東の生まれだった。彼女は十六歳の時に在日韓国人の嫁になるために来日した。彼女の母が継母でそれで日本に追いやられ、それ以来昭和二十年の敗戦まで、北は北海道から南は九州まで炭鉱や道路工事現場を転々と移動する飯場暮

らしを続けたという。

亭主は大酒飲みで、その間に男五人女一人の六人の子供が生まれ、ひどい貧乏だったが、オモニ（母）のたくましい働きによって生活は支えられていた。敗戦の時、一番上の子供は十六歳、一番下が一歳になっていた。

まもなくこの一家は残酷な選択を迫られる。日本の敗戦によって祖国朝鮮が長い間の日本の支配抑圧から解放され独立をした。それで祖国に帰るか日本に残るかという選択を迫られた。夫はともかく祖国に帰り、そこで生活をやり直そうと言いました。オモニ（母）は貧しくても現実的に食べていける日本の生活を選ぼうとしたのです。結局一家は二つに分かれて暮らすことになったという。

オモニ（母）と長男は日本で暮らすことになった。横須賀、川崎、大阪などを転々としながら、焼き鳥屋を営んで死に物狂いで働きました。そして朝鮮の夫や息子たちにお金を送り続けた。まもなく夫は朝鮮で病死してしまった。子供達は散り散りになりながら最底辺で暮らしていたと言います。

それから息子たちはあの悲惨な朝鮮戦争に巻き込まれました。その激動の中を彼らはたくましく生き延び、下の息子二人は釜山で事業に成功をして少壮《しょうそう》実業家として有名になりました。上の二人の息子はソウルにいて建築業をしているという。

一人娘は私たちが今度韓国訪問した時に迎えに来てくれました。

このオモニ（母）の背負った重荷と苦難の歴史はあまりにも大きく屈折が深くて、ただため息が出るばかりでした。

その旅行で本当に驚いたのは、韓国では普通の人たちが「日本という国は明治維新からみんな間違っていた」と痛烈に批判するのです。私はそういう韓国に惹《ひ》かれてやみません。

英一が驚いたのは、日本人がほとんど知らない日本という国の真実を、韓国の普通の人が知っているということだった。この戦争で日本軍の侵略で甚大な被害を受けた中国人もそうなのだろう。

江戸時代の日本は封建社会で様々な矛盾を抱えていたのは無論であったが、総じて二百七十年間戦争をせずに、穏《おだ》やかに豊かに暮らしていた。そこに元禄文明が花開き、世界に冠《かん》たる独自の美の世界を築いていた。

しかし明治時代以降の日本は戦争の連続であった。戊辰《ぼしん》戦争、西南戦争、日清戦争、日露戦争、満州事変、日中戦争、太平洋戦争とほぼ十年間隔で戦争をしている。徳川時代の約三百年間大きな対外戦争をしなかった国が、突然気の狂ったようになった。その戦争のほとんどは明治時代に日本を支配したユダヤ金融資本が日本に強いたものだった。

明治維新とはそれまでの豊かで穏《おだ》やかな日本が、世界制覇を狙う西欧諸国に武力で簒奪《さんだつ》された事件だった。長崎の名所になっているグラバー亭は、幕末に世界を金融支配していたロスチャイルドのジャーディン・マセソン商会が派遣したトーマス・ブレイク・グラバーの屋敷だった。

ジャーディン・マセソン商会はイギリスの東インド会社の貿易商社で一八四〇年の中国とのアヘン戦争の主役であった。

＜近代日本の戦争＞

日本は明治以後、戦争ばかりしている

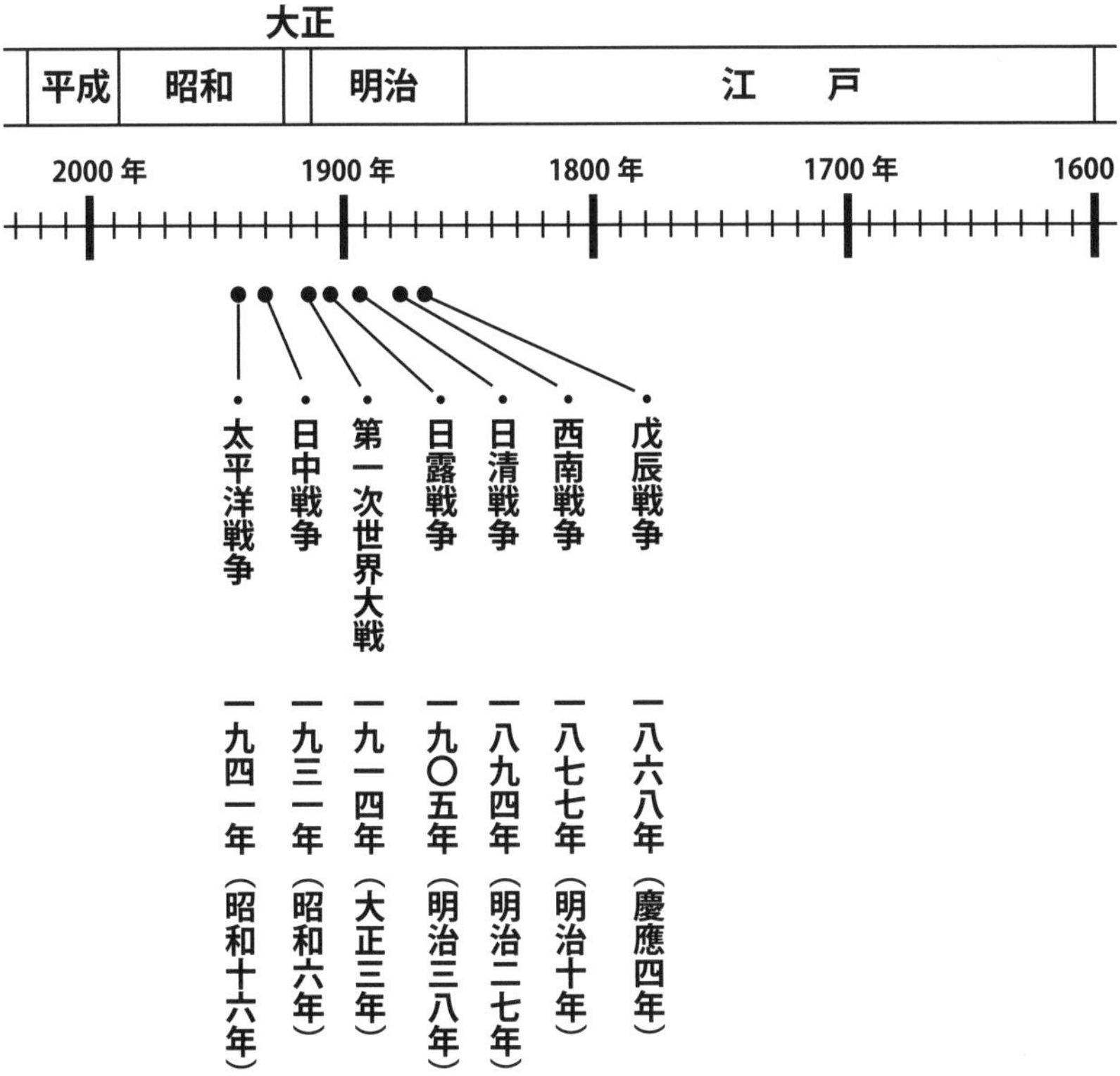

当時のイギリスは中国から絹織物、お茶、陶磁器を大量に輸入していたが、その反面中国へ輸出するものが少なく貿易赤字で銀貨が流出していた。イギリスはこれを解消しようと植民地であったインド、ベンガル産の阿片を中国に密輸をした。このため清国では阿片常習者が蔓延して、治安が悪化して犯罪が多発した。やがて清国からの銀が逆に流出するようになり価格が高騰をして大問題となった。

清国政府は麻薬密輸を厳しく取り締まり、イギリスの商社の保有する千四百トンもの大量の阿片を没収して揚子江に投棄をした。これをきっかけにイギリスは多数の艦隊を派遣して清国を攻撃した。アヘン戦争の勃発《ぼっぱつ》である。

二年ほどの戦争の末に清国は最新鋭のイギリス艦隊との戦闘に敗れて屈服。不平等な南京条約を締結し、多額の賠償金の支払いを余儀なくされた。香港を割譲し、上海、広州などの開港を受け入れた。

同時期にジャーディン・マセソン商会は上海の共同租界のいわゆるバンドに拠点となるビルを建設し、中国、極東の貿易の拠点とした。ここは共同租界の地番一号地であり、その後の西洋列強の植民地支配の中心地になった。彼らの資金を運用、送金を担当する目的で、その時、香港上海銀行（ＨＳＢＣ）が設立された。それは今も世界有数の巨大投資銀行になっている。

このジャーディン・マセソン商会の日本支社の責任者として派遣されたのがトーマス・ブレイク・グラバーで、長崎港を見下ろす丘の上の豪壮な屋敷に住んで、多くの維新の志士たちを密かに支援して資金と兵器を提供した。岩崎弥太郎、五代友厚、坂本龍馬、井上聞多、伊藤博文、高杉晋作などがグラバー邸に多数出入りしていた。またイギリス公使パークスやアメリカの宣教師のフルベッキも維新の志士や勝海舟たちを援助していた。そのことによって徳川幕府は最終的に戊辰《ぼしん》戦争によって打倒されたのだった。

その結果明治政府は西欧植民地主義を推進したユダヤ金融資本家たちの傀儡《かいらい》政権になった。三菱、三井、住友、日産、日立、などの財閥がその支配下であり、天皇家がその中心になっている。他のアジア諸国も西欧の植民地になっていたが、日本と違って西欧人が直接支配していた。イギリスの植民地であるインド帝国は本国イギリスから現地に派遣された総督がいて、イギリス国王がインド皇帝を兼任していた。しかし日本の場合は表向きの支配者は、明治天皇を擁《よう》した大日本帝国であり日本人だった。しかしそれは巧妙に偽装された独立国家だった。

その後の日本はひたすら近代化を図り軍備を増強して大東亜共栄圏の旗を掲げて、アジアの白人植民地からの解放と独立を主張した。大日本帝国の主張した大東亜共栄圏、王道楽土、五族協和は、日本の多くの軍人や国民を鼓舞《こぶ》し、虐《しいた》げられていたアジア諸国の民衆に希望と勇気を与えた。

アジアの小国の日本が白人の軍事大国ロシアに勝利したニュースは世界を巡り、アジア諸国の民衆は喜び熱狂した。

十六世紀の大航海時代以来数百年の間、圧倒的な白人達によって支配され搾取《さくしゅ》されてきたアジアの民衆達は、白人は神のようだと感じて諦めていたのだ。そして、ほとんどが西欧諸国の植民地であったアジアの国からは、多くの独立運動家が密かに来日して支援を仰いだ。ビルマのアウンサン、インドのビハリー・ボーズ、ベトナムのファン・ボイ・チャウ、中国の孫文たちである。明治時代の半ばから大正時代の日本は彼らを財政的に援助し軍事訓練をして、武器や資金を与えて支援をしていた。それゆえにアジアの民族運動家たちにとっても、大正デモクラシーは夢のある時代であった。

イギリスインド帝国で独立運動をしていたビハリー・ボーズは、大正四年（一九一五年）に日本に亡命をしてきた。東京に在住して、多くの日本の政治家の支援を得ていた。資金援助を受けて武器を密かにインドに送った。しかし日英同盟を結んでいたイギリスに、その存在を知られて引き渡しを要請される。日本の多くの支援者はビハリー・ボーズを日本各地に匿《かくま》ったという。その一人が新宿中村屋の相馬愛蔵であった。自宅のアトリエに住み着いた彼は、相馬愛蔵の娘の愛子と結婚して一男一女を設けたという。　そのビハリー・ボーズは新宿中村屋に本格的なインド・カリーの調理法を伝えたという。それが今も名高い中村屋のカレーである。もう一人の独立運動家のラス・ビハリー・ボーズも日本に来ている。その二人がインド独立の父と言われる人たちである。

しかし、アジアの独立運動家達の夢はそう長くは続かなかった。昭和時代になると日本は朝鮮から満州に攻め込みそこを傀儡《かいらい》国家にすると、中国に攻め込み、やがて太平洋戦争となってフィリピン、ベトナム、マレーシア、シンガポール、インドネシア、ビルマを占領していった。

日本はそのアジア諸国の独立を真に望んでいたのではなく、それはその後に西欧に替わって日本がアジアを植民地支配するための方策であったし、更に言えばその戦争を煽《あお》って双方から密かに莫大な富の簒奪《さんだつ》を狙った影の支配者たちの策謀《さくぼう》でもあった。そしてアジアの独立運動家達の夢は無残に打ち砕かれ、彼らは日本に幻滅していった。大東亜共栄圏、王道楽土、五族協和の夢に幻惑されたのは貧しい日本の民衆だけではなかった。

その目的のために欧米の真の支配者は日本の天皇を神格化して、その名の下に国民を有無を言わせずに戦争に導いていったのだ。戦争に反対する共産主義者やアナーキストは無論のこと、学者や小説家、自由主義者、教育者に至るまで、監視し、逮捕し拷問をして、あげくは虐殺そして死刑にした。

そして次々に対外戦争を仕掛けて、日清戦争、日露戦争、朝鮮と台湾を併合して満州を奪い、中国やアジア全域を侵略して行った。

敗戦後七年の占領期を経てサンフランシスコ条約の締結によって、日本国は象徴天皇をいただいた議会制民主主義国家として独立した。しかし表向きは独立した民主主義国家になったが、基本的にその支配構造は、よく精査すると、戦前と少しも変化せず、未だに欧米の密かな支配下に置かれている。

韓国の普通のおばさんが「日本という国は明治維新からみんな間違っている」というのはそのことを指しているのだろう。狡猾《こうかつ》な白人達は民主主義を偽装して巨大資本により多くの企業や銀行、政治家、マスコミを密かに巧妙に支配しているので、未だに日本人だけが知らないのだ。

英一はその韓国には都合三回旅行している。その後は大連、天津、西安、上海、香港、そして、ベトナム、マレーシア、シンガポールと次々に旅行をして、戦争の痕跡を訪ねていた。それらの旅行に関連して、日本軍の足跡を訪ねて多くの証言と資料を収集していた。国内では膨大な戦争の記録を集めていた。

英一の書簡を読むと、戦争に直結するものから芸術論や表現技法、文明批評、文学論、詩とその関心は多義にわたっており、彼の知的な奥行きの深さを示すものになっている。

以下の書簡は稲田茂氏宛のもので、栗林英一の良く纏《まと》まった芸術論になっており小説作法の模索をしている様子が表現されている。一部を要約修正してほぼ全てを以下に載せた。

戦後上京以来、私はかなり系統的に映画を見ていた。勤めが終わってからのほとんど毎晩、東京中の映画館を探して様々な映画を見たのです。フランスはコクトーなどの実験映画から始まって、戦後の映画史に画期的な足跡を残したイタリアやポーランドのネオリアリズムの映画、それに続くヌーベルバーグ、言わずと知れたフランスの新しい騎手達の映画、そして最後のゴタールの作品。もちろんこの間にアメリカはゼールス・ダッシンなどのドキュメンタリータッチの作品や、映画では古典に入るエイゼンシュタインの戦艦ポチョムキンなどのモンタージュ理論などだ。

この間に私は記録というものについての考えを自分なりに思考をしていた。それがとりもなおさず自分の創作上の問題でもあったからだ。

文学、いわゆる今まで考えられてきた小説文学は、戦後ようやく破産しかけている。海外ではフランスのアンチ・ロマンの小説、アメリカのロスト・ゼネレーションの作家たちが新しい文学手法をこの間に提出している。日本も含めて新しい文学手法は何かというのが文学創作上の問題だった。

一方、映画の世界では「事実とは何か」という文学リアリズムを超えて、全く新しい映像による客観的世界を作り出していた。映画ではそれに答えを出したのだった。それによって新しい文学というものは多かれ少なかれその映像の影響を受けていたアンチ・ロマンの作品とかアメリカのドスパソスの作品は、映像のイメージの媒介《ばいかい》無くしては読み進むことができません。

在来の文学作品が構成とか人物とか物語にウェイトを置く進行なのに対し、映画の世界はワンショットが基本です。一つのシーンを組み立てるのに何ショットが必要か、その時間は何秒かなど、文学の世界とは逆の、終わりの方から組み立てるというモンタージュ手法が重要視される。

私たちの日常世界では、ある安定した生活感情なり物語を持続させるためには視線は一箇所に一定時間以上固定してはいけない。コップがコップであるためには、コップに必要以上の時間を注ぎ込んでいると、コップはついにコップであることをやめるという理屈が、日本の羽仁進などの映画監督が主張している。こんな映画的な手法から生まれたのがドキュメンタリーというものでした。意味ではなく、物そのものへの科学的な分析を映像を通して積み上げていくことで、新しい事実あるいは意味を見出すという従来の方法とは逆の手法が考え出された。

ドキュメンタリーはそんな歴史的背景から生み出されて、記録とか報告による事実を解明した新しい作品群は、ノンフィクションとしてジャーナリズムに定着するようになったのです。

事実や物に際限なく接近して、遂にはこれまでの固定概念では考えられなかった新しい事象に遭遇して、そこから逆に全体を照射するという視点が生まれ新しい意味が想像される。それゆえにノンフィクションでは素材選びに決定的なウェイトがかかるのではないかと考えています。つまりノンフィクションは文学の一ジャンルではなくそれを革新する新たな手法として歴史的に生まれてきたものではないか。

映像の時代と言われる現代では、自殺や殺人などの死さえ商品化されている。テレビドラマには、恐怖を排除された夢のような実態のない死が多く描かれている。昨今の少年少女の多くの自殺はその延長にあるのだろう。しかし恐怖や苦痛が現実となって個人に降りかかった時は、より一層悲惨な惨劇になる。生まれ故郷の村や町、家族から孤立している人がその恐怖や苦痛に耐えて孤独な空間で死を迎える、その危機感を私は入院生活で味わったのだ。この病院生活の非日常性は現代のニューヨークや東京の大都会の無機質な非日常性とつながっている。路上に死人が横たわっていても、跨《また》いで通り過ぎてしまう現実がそこまできています。

身近なところでは、軽井沢や八ヶ岳などで殺人事件があったとしても、いまわしい事件というよりは、ファッションの一部として考えてしまう思考があるのです。それをいいようにして新しい作家たちは、この現実を架空のもののように距離を置いて描く方法を身につけた若い人たちでした。彼らの頭の中は私たちのように歴史にも伝統にも初めからとらわれていない。だから村上春樹の『風の歌を聴け』のように友人はネズミであったり四本指の女の子だったりするのです。

扨《さて》、新しいノンフィクションの誕生を期待している友人の一人として、一つの提案をしたいと思います。それは日本画家の高沢圭一をモデルとした作品を試みてはいかがでしょう。彼の人生の経緯には実にふしぎな出来事がいっぱいあるように思えます。彼は日本の風俗を高いテクニックで描いたが終始画壇から締め出されていた。戦争協力者として戦後日本の画壇から締め出され、パリに戻らなければならなかった藤田嗣治、同じく風俗を描いた竹下夢二なども同じです。

風俗を描くというこの正直で真っ当な態度を見下した明治以降の近代化とは一体何だったのか?それを作品を通して批判する。カシニョールこそはまさに風俗画の典型です。夢二の絵葉書のように今その絵葉書は中学生や高校生の机の上に飾られているのかもしれません。現実社会の恐怖ではない虚構《きょこう》のファッションとしての死が、誘いかけているものなのかもしれません。

人生はナンセンスだよ
生と死は一枚の葉っぱのように軽く
表と裏だけの違いだよ
さあ君たち、タバコとマリファナを吸って

その夢の中へ飛び立とう

思い返せば私は十年前にその真似をして　いやそれに先駆けてというべきか、浅間山からの死出の道行き、心中物語を作ろうとしたのです。語りや風俗は勿論ジュサブローです。これはすぐに挫折してしまったのですが。

何れにしても現代を批判するのは並大抵のことではできません。ましてやそれが創作上のこととなると命を縮めることにもなりかねません。

英一は同級生名簿を調べ知人たちに尋ねて、北千島の占守島とシベリヤの収容所で一緒だった村上十次郎氏の所在をようやく探り当てた。そして彼に手紙を出した。彼は秋田の八郎潟村の農家で、今は長男に後を譲ってすでに隠居をしていた。

英一の戦争体験を聞きたいという頼みに、過ぎてしまった過去のことはあまり話したくないと語っていたが、彼の強い思いに触発されて、やがて重い口を開いて詳しく手紙に書いて送ってきた。

村上重次郎は輸送船で激戦地の南方諸島を周り、当時の戦況の中で奇跡的に無傷で帰還して、すぐに北千島に転属させられ英一と一緒になったという。南方で見聞きしたことを口外するなと厳命されて、これまでの五十年間家族にも何も語ってなかったという。


お手紙ありがとうございました。

そちらは残暑のようですが秋田の朝夕はもう涼しくなっております。あなたの病気が治癒《ちゆ》するのを願っております。ところで私があなたとシベリヤの捕虜収容所で一緒になり蚕棚《かいこだな》の寝台で色々話しましたね。この際私の復員までの経過を書いてみましょう。

昭和十四年（一九三九年）兵隊検査を受け補充兵として東京の立川陸軍航空技術研究所に入所しました。そこでやっと食事にありつけた。その後友人の誘いでそこを四ヶ月で退職して、横須賀海軍機説部に入所した。そして芝浦埠頭より新造船の貨物船アルゼンチナ丸で南方に出航した。魚雷を避けるためにジグザグ航路を続けながらトラック、サイパン、マキン、タラワ、テニヤンに向かった。ようやく目的地についても、出没する敵潜水艦を避けるためにその都度上陸して待機を余儀なくされた。

サイパン島のガラパン海軍基地に上陸して二泊しました。港外にはマリアナ沖の海戦で被弾して逃げ帰った多くの貨物船、輸送船、軍艦が焼け焦げて浅瀬に座礁、無残に放置されていました。

島には未だに多くの日本兵がいて、帰還したいと言う。しかし私の乗っていたガラ空きの船は軍の命令で彼らを置いてけぼりにして帰還したのです。今思い出しても胸が痛む光景でした。この戦争は負けるかもしれないと不安になりました。二ヶ月後にようやく横須賀に帰還したのですがその後すぐに私が訪れた島々は、次々に玉砕《ぎょくさい》をしたと言う情報が流れてきました。それを暗い絶望的な気持ちで聞いたのです。多くの若い友達の顔を思い出すと胸が痛みます。

秋田に帰ってから十七歳の娘と見合いをして急いで結婚、新婚三ヶ月後に再召集を受けて秋田一七連隊に配属されて、あなたと一緒の北方の北千島に派遣されたのです。

南方で見聞きしたことは絶対に口外してはならぬと厳しく命令をされました。それで未だに妻や兄弟、子供にも話してはいません。私もだいぶ年老いてきたので、何かに書き留めておきたいと思っていたところです。

先月の新聞で戦争の思い出を募集していたので、投稿をしてみようかと思ったのですが文章が思うに任せず諦《あきら》めてしまいました。貴方のお陰で話すことができて嬉しく思います。

村上はこの手紙に続いてさらに詳しい文書を送ってきている。それによれば、シベリヤから復員後に秋田に帰ってみると妻は他の人と再婚をしていたという。

「妻も周囲の人たちも私がまさか生きて帰るとは思ってなかったのだから、仕方なく諦《あきら》めて、また別の人と見合いをして再婚をした」という。

それから再婚した妻や子供を養うために現金収入を求めて名古屋港に出稼ぎに出かけ、そこでクレーンで吊るした荷物と壁に挟まれてケガをした。幸いに命に別状はなかったが、後遺症が残って農作業などの肉体労働ができなくなり早々に引退をして、今は息子に農業をやらせて隠居している。

彼はこの不幸の連続を静かに受け入れて、何事もなかったように秋田の八郎潟村で暮らしていた。英一に促《うなが》されて五十年ぶりにその重い口を開いて、南方で見た日本海軍の艦艇《かんてい》の惨状を初めて話したのだった。

英一の療養をしながらの不自由な身での旅行や取材は、英子夫人の助力と介助が欠かせなかった。夫人は通院の付き添い、そして海外の取材に常に付き添って協力をした。彼の体調が思わしくない時は、彼女一人で取材のためのインタビューに泊まりがけで出かけることもあった。彼に代わって大学での歴史講座を受講して、その結果をノートに取って報告をした。

夫人は若い頃から文学を志して、いくつもの作品を書いている。東北電力に勤めていて労働組合の婦人部で指導者をしていた。前にも触れたが英一との出会いは、労働運動やプロレタリア文学がきっかけになったものと推測される。その意味でも夫人は彼の生涯にわたって良き理解者であり同士でもあった。それゆえ彼の最後の望みであった戦争を総括する悲願の小説の実現に骨身を惜しまず協力し続けた。

英一は日満工業高等学校の舎監《しゃかん》だった津吉高雄氏を探して、出身大学の京都大学になんども問い合わせて、苫小牧に健在していることをようやく突き止めることができた。津吉氏は天津を拠点として北京などに出かけて、イスラム学者に変じて特務機関の一員として活動をしていた。英一は苫小牧に手紙を出して面会の許可をもらった。最初は体調が思わしくなく代わりに英子夫人が一人で取材のために訪問をしている。その後もう一度本人が直接訪問をして取材をした。その時は英子夫人も札幌まで同行させて、そこから英一ひとりで苫小牧に出かけた。札幌のホテルに彼が遅くなって帰宅してみると、夫人はひとり寂しくホテルの部屋で帰りを待ちわびて、涙していたという。

英子夫人が最晩年に郷里の従兄に出した取材の御礼の手紙がある。夫人の実家は秋田の土崎漁港近くにあった。日露戦争のロシア人捕虜収容所がその土崎にあったことを知った英一の頼みで、英子夫人は従兄を頼って取材に行ったのだろう。

この手紙は英一が再び癌を発症してからの最晩年の頃の手紙である。そこに生涯献身的に彼を支えた夫人の姿があった。

先日は大変ご迷惑をおかけしました。歳を重ねるたびごとに故郷の重さと兄さんたちとの繋《つな》がりの深さ、家郷への深い愛情が自覚されて手紙を書くことになりました。

私たちの夫婦関係も間も無く五十年になるところです。夫が書こうとしている歴史の重さと比べて夫婦の関係も表現できないくらいに重くて遠い歴史になっています。

彼は癌を宣告されて、一時は狂気のようになって、残された最後の時間に自分を賭けると喚《わめ》きました。入退院を繰り返しているうちに或る静かな自覚に到達したらしく、同封した林という先輩に手紙を書き続けています。

もう百通を超える手紙の中で彼が言おうとしている真意は私も理解できますが、一つは作品を書く業苦から自分が逃げ出せないようにするために、仕事上の先輩であった林氏に決意のほどを告げ文通をし出したのです。林氏は林京子という芥川賞をもらった人の旦那さんで、逗子の自宅に私たち夫婦で何度か伺ったことがあります。その後、二人は別れてしまいました。

林氏の略歴は朝日新聞社の記者でゾルゲ事件に絡んで上海に渡り、向こうで敗戦後数年して帰国するまで十年近く過ごした方です。

夫が林氏への手紙で書いているように、私たちも残された時間がいよいよ少なくなっております。そういうことで日常を超えた何かいい仕事をしたいものだと考えるようになっている昨今です。今は病んでいる彼を助けて、早い時期に彼が望んでいる作品の完成に力を貸したいと思っております。

どんな作品で何を書こうとしているのか、同封の手紙のコピーからはうかがい知ることができないでしょうが、三人の秋田日満を出た若者たちが、ひとりは死にひとりは逃亡して主人公一人が生き残るというものです。その中で戦争と日本を批判したいという願望が込められているようです。誰も総括しなかった日本の戦争を死んだ過去からの記憶を集積して作品化するというものです。それは彼がいつも言っていることでした。

大変な作業だとは思いながら、私も北海道へ行ったり突然の秋田取材に出かけたりの羽目になって、お兄さんにも迷惑をおかけしました。少しでも理解の一助にもなり、また自分も何かしなければ、という無言の焦《あせ》りがこんな手紙を書かせてくれました。くれぐれもお身体を大切に、奥様にもよろしく。

彼が書きたかった小説の粗筋《あらすじ》は英子夫人の手紙に少し触れられているが、ここに至るまでに次第に固まってきたものだった。この小説の三人の主人公は秋田日満高等工業学校の寮の仲間であった。

卒業後に英一と内田武夫は大連市にある大連曹達に入社して、白系ロシア人だったビーカー（ビィクトル）は、父親が勤めている撫順炭鉱に行った。ビーカーの父親はラトビア出身でドイツ工科大学を出た技術者で撫順炭鉱に技師として勤めていた。

在学中の夏休みに英一は同級生と満州旅行をしている。船で新潟港から朝鮮の清津に渡りそこから機関車に乗って、ハルピン、新京、奉天を経由して大連からまた船で帰国をした。

ハルピンは共産革命で故郷を追われた白系ロシア人たちの第二の故郷とも言える都市で多くの白系ロシア人たちが住んでいた。市街は煉瓦造りで広い街路は石畳で舗装をされている。モスクのような尖塔《せんとう》のある荘厳なロシア正教会がそびえていて、その教会を中心に白系ロシア人たちは敬虔《けいけん》な祈りを捧げて暮らしていた。極東アジアの一角とは思えぬ西欧の美しい歴史的な景観がそこに佇《たたず》んでいた。

その頃の満州は日本の新大陸と呼ばれて、五族協和の新天地と言われていた。英一たちもその新天地満州を夢見て十五日もかけて旅行をして、ロシア風の美しい市街のハルピンや大連に強い印象を受けていた。そして、白系ロシア人の同級生のビーカー一家が敗戦後どうなったのか、無事であったか、それに深くとらわれていたのだった。

英一は大連で就職をして一年後に秋田に帰り召集されて北千島、そして敗戦後にシベリヤに抑留される。内田はハルピンから北西千キロ彼方のロシア国境の満州里にあるジャライノール炭鉱に行った。満州里は南満州鉄道の浜州線の終着駅であった。鉄道をそこで乗り換えるとロシアのバイカル湖を経由してヨーロッパにつながる最果ての街だった。

内田はそこで召集されて国境警備隊に配属されて、敗戦の時にソ連に囚《とら》われてにシベリヤに抑留された。

この自分を含めた三人を主人公にして、日本の戦争を総括するような小説を彼は書こうとしたのだった。

内田はシベリヤから復員して、石巻で商店を経営していた。それを探し当てた英一は手紙で何度も連絡を取り、ようやく石巻に面会に行って話を聞いたが彼の口は重かったという。その後また訪問してようやく重い口を開こうとしたので、三度目の訪問を予定していたその直前に、奥さんから突然の病で亡くなったという連絡を受けた。

石巻に焼香に訪れた英一は、奥さんから彼のその後の様子を詳しく聞くことができたという。内田は想像を超えた悲惨な経路をたどって石巻にたどり着き、その話は涙なくして聞けなかったという。しかし英一の残された文書のどこを読んでもそのことは記されていなかった。それは彼の胸のうちにしまわれたままだった。

一方、父親の勤める撫順炭鉱に行ったまま行方の知れないビーカーがその後どうしたのか、生きているのか、それを知りたくて英一は八方手を尽くして調べ続けた。白系ロシア人のビーカー一家が遥か西方のラトビアから極東の満州にどうしてやってきたのか、そして敗戦後どういう運命を辿《たど》ったのか、執念の探索を続けていた。彼はビーカー一家のその運命を知らなければその小説が書けないと思っていた。それは病状が次第に悪化するに従い、次第に強い執念《しゅうねん》となっていた。

十一　国籍を失った白系ロシア人

清国の末期に西欧列強の中国進出に応じて、南進政策を進めていたロシア帝国は北方から清国に侵入して行った。一方で、大日本帝国は朝鮮の支配を清国と争って日清戦争に勝利し、下関条約で台湾と遼東半島の租借権を獲得した。しかしその後のイギリス、フランス、ロシアのいわゆる三国干渉によって遼東半島は清国に返還させられ、その遼東半島の租借権と満州の鉄道敷設権をロシア帝国が獲得をした。明治二十六年（一八九四年）以後ロシアは満州の鉄道敷設工事をしてシベリヤ鉄道をウラジオストクまで連結し、ハルビンから遼東半島までの東清鉄道を開設した。その頃に多くのロシア人が満州と遼東半島に住み着いていった。その中でもハルビンと大連には多く住み着いて、そこは西欧様式の煉瓦造りの美しい建物が立ち並んだロシア風の街だった。その後の一九〇五年に日露戦争が始まり、旅順、満州での激しい攻防戦と

日本海海戦で日本が勝利した。その結果日本はロシアが敷設《ふせつ》した南満州の鉄道利権と遼東半島の租借権を獲得した。

その後、ロシア帝国では革命が起こり、人民革命軍の赤軍とロシア皇帝側の白軍が内戦を繰り広げた。次第に追い詰められた白軍は共産主義を嫌う多くの知識人を伴って、極東のハルピンや遼東半島に流れ込んで来た。二十万人〜三十万人のロシア人が逃れて来たという。共産主義の赤軍を嫌うという意味で、彼らは白系ロシア人と呼ばれた。

一九一七年にロシア帝国が倒れてソビエト連邦が成立すると、彼らは国籍を失ってしまった。ソビエトでは彼らに代用旅券しか与えなかったし、清国も彼らにロシア移住者としての旅券しか与えなかった。そして白系ロシア人の多くは無国籍になってしまった。

国籍を失った彼らは、その頃までソビエトが管理をしていた満州里からウラジオストクに至る鉄道沿線の街に住んでいた。当時の清国は乱れて欧米諸国や日本帝国、各地の軍閥が割拠《かっきょ》しておりその間隙《かんげき》の中で白系ロシア人たちは比較的自由であった。そしてハルピンはロシア文化が花開いて、多くのロシア正教会や学校が建てられて賑わっていた。

しかし次第に日本軍が満州に進出し、ハルピンが占領されソビエトは最後の鉄道利権を日本に譲渡して撤退してしまった。

国家という寄る辺《べ》のなくなったロシア人たちは、帝政ロシアの復活を望んでいた人を中心として、白系露人局（ＢＲＥ）という自衛組織を立ち上げた。もちろん第一は自分たちの生活防衛であった。しかし中心の人たちは日本軍の助けを借りて帝政ロシアの復活を目論んでいた。そのＢＲＥは多くの白系ロシア人を登録して、その登録証によって物資の配給をした。登録証がなければ食料の入手ができなかったので、帝政ロシア復活などを考えないほとんどの人たちも登録をしていたという。

ＢＲＥは満州が未だ国民党政府や軍閥が割拠《かっきょ》していた時は、彼らにも協力をして自衛をしていた。しかし日本の関東軍が満州を掌握するようになってからは、日本軍に協力して生き延びる道を選んだ。

関東軍の最大の敵国はソビエトであったから、白系ロシア人で組織された部隊はソビエトに対する諜報《ちょうほう》活動と内部工作に向けられた。ソビエトも対日諜報《ちょうほう》活動を画策していたから、それを防ぐために白系ロシア人は満州国の特務機関や憲兵隊の厳しい監視の中に置かれて、少しでも疑われると逮捕され拷問され、行方不明になる過酷な運命が彼らを待っていた。

ロシア正教会の中には天皇と満州皇帝のご真影が飾られて祈祷《きとう》を強いられていた。青年たちのあるものは関東軍の浅野部隊に編入された。ソ連領内の情報探索や破壊工作を任務とした部隊だった。

ソビエトではハルピンから帰国した白系ロシア人を犯罪者のように扱い、帰国して捕まると銃殺されるか強制収容所送りになった。それを知った多くの白系ロシア人は上海や天津や大連に逃げて行った。

日本が敗戦を迎えた時、未だに満州に残っていた白系ロシア人たちは祖国に戻れるというわずかな希望にすがるようにして、進駐して来たソ連軍を歓迎する集会を開いた。しかし彼らを待っていたのは逮捕と投獄だった。全員がソビエトに連行されて射殺か収容所送りになったという。

上海や天津で彷徨《さまよ》っていた白系ロシア人の生活も無残だった。

戦後の日本文学に大きな足跡を残した堀田善衛は、敗戦直前の上海に渡り、中国人に対する宣撫《せんぶ》工作をし、敗戦を迎えて後に今度は国民党政府の宣撫工作に協力させられて帰国した人である。その堀田善衛著の『上海にて』に白系ロシア人の姿が書かれている。


一九二三年に白系ロシア人の先発亡命者が上海に到着、金持ちの白人たちの困惑のタネが一つ増えた。すなわち彼らのあるものは行商人になり、また中国人に立ち混じって労働者になり、中国人の金持ちやレストラン、ホテルの門番になり、窮《きゅう》し

ては女は淫売になり、裸踊りのスターになったりした。フランス租界の岳陽路北端に故国を偲ぶよすがとして、集金して詩人プーシキンの銅像を建てたりした。しかしこの銅像は日本軍が心なくも銅鉄回収のために台座から取り外して何処かにしまいこんでしまった。

私はこのプーシキン像を見たときに、外国へ集団的に出ると必ず馬鹿でかい鳥居をおったてる日本人と、詩人の像を作るロシア人の対比に、ある感慨《かんがい》を催したものだった。その後彼らの大部分はソ連国籍を取って帰国したか、あるいは国際連合の難民機構の手で南米その他の国へ移住してしまった。

堀田善衛は『上海日記』の中で、ロシア人娼婦と一夜を共にしようとした話を書いている。白い肌の若くて綺麗な彼女の後をついていくと、彼女の家は薄暗い路地裏の家の間に屋根をかけたひどく粗末な小屋だったという。

英一が白系ロシア人のビーカーの行方をほとんど執念を持って最後まで探したのは、弱者に優しい彼が、彼らのこうした残酷な運命を知って心を痛めていからに違いない。また無政府主義者として地域社会や国家というものに頼らず生きていけるかという問題意識をずっと持っていて、無国籍になった彼らに強い関心を持っていたからだろう。

彼は最晩年に直腸に癌が再発したのを知って自分に残された時間がないと知ると、一層鬼気迫る姿でビーカーの行方を探し始めた。治療のために通院や入院を頻繁に繰り返しながら、考えつく様々な人たちを調べて、手紙を出して問い合わせている。

その一人に袴田茂樹氏がいた。東京大学文学部出身、モスクワ大学哲学科終了、青山学院大学助教授の経歴を持つ人だった。彼の父はシベリヤ抑留者の天皇と呼ばれていた袴田陸奥男、叔父が日本共産党幹部の袴田里見であった。袴田陸奥男はソ連のＫＧＢと協力して収容所内で民主化運動を主導して、大きな権力を持ったと言われている。その息子の袴田茂樹はロシア問題のオピニオンリーダーとして最近まで外務省のブレーンをしていた。

その手紙は数通残っているが、袴田氏からは結局ビーカーのその後の手がかりは結局何も得られなかった。

思い倦《う》んだ英一は麻布の狸穴《まみあな》にあるロシア大使館に繰り返し電話をして、手がかりがないか調査を依頼した。その鬼気迫る経緯を林氏宛の手紙に詳細に書いている。放射線治療を繰り返し受けているそのわずかな間を見計らって、精神も不安定になりながらの悲壮な探索だった。林俊夫氏宛の書簡を整理して以下に要約した。

拝啓

お身体の具合はいかがでしょうか。心配をしております。

今日はやっと気分晴朗《せいろう》になりました。この十日間ほどは私の精神は乱れ続け、高揚《こうよう》したと思えばどん底に落ち込み、乱れ乱れて泣いたり放心したりしておりました。七十七歳にもなって人間はこんなに乱れるものかと思いました。しかし昨晩はぐっすりと眠れて、今朝の気分は晴朗です。早速報告のペンを取りました。

最初は五ヶ月ほど前のことでした。私は白系ロシア人の同級生ビーカーのことがもう少しわからなければ、小説は書けないと思っていました。考えつくところは調べ尽くしてダメだったの

で、麻布の狸穴《まみあな》のロシア大使館に電話をしました。しかし大使館では長時間待たされたり、何やら電話口で密かなロシア語のやりとりがあったりで、複雑な対応をされました。私はなんども途中で電話を切ってしまいました。

もうやめようと思ったのですが、他には何の手がかりはないので、もう一度思い切って又電話をしました。すると今度はキチンと私の話を聞いてくれました。そしてビーカーの行方を探すならばと、ロシア情報局という場所を紹介してくれました。

そこへ直接行く前に調べておいた方が良いと思い、日本の外務省ロシア課に電話をしました。しかしその対応の酷《ひど》さに思わず電話口でバカヤローと怒鳴ってしまいました。公安警察にも電話をしてみましたが、殆《ほとん》ど埒《らち》があきません。

それならと、思い切ってそのロシア情報局に直接電話をしました。電話に出たのは中年の男で、流暢な日本語でセルゲイと名乗りました。私は用件をかいつまんで話しました。すると私の話をよく聞いてくれて、その電話一度で私たちは意気投合をしたのです。

すぐに訪問をしようと思ったのですが、不都合なことに病気が悪化して中止してしまいました。左足が急に紫色にひどく腫れてしまったのです。放射線の照射を受けていたのですが、医者はすぐに入院して抗がん剤の投与をした方が良いというので手続きをしました。しかし自宅で入院を待っている間に、私の足の腫れはみるみる引いて、とうとう元どおりになったのです。

急いで病院に行って担当医に「先生治りましたよ！」というと、「CT検査結果を見ないとわかりません」と言います。その検査を受けて写真を見ながら医者は言いました。

「リンパ線の腫れは取れたようだね」私はすかさず「それでは入院手術は必要ないですね」

「しかし、CT専門医が留守なので、その先生に診てもらってからですね」と医者は言います。

私はすぐに病院から家内に電話をした。

「もう治ったよ！」

電話口から家内の泣き声が聞こえてきました。

病院前でタクシーを待っている数分間に、私はふわふわと宙に浮いたような空虚で自由で幸福な時間の中にいました。何年も投獄されていた囚人が、刑務所を出所した時のような気分でした。

その二日後に私はロシア情報局のセルゲイ氏に電話をして、病気が良くなったのでお伺いしたいと告げました。そして明日金曜日の午前中の約束をしました。

夕方家に戻って家内に話すと「またいつもの癖で大した用事でもないのに、勝手に何かを始める」と呆れていました。

翌朝八時に私は一人で家を出ました。電車の中で考えました。何でロシアの情報局が上野にあるのか、危険はないのか。でもセルゲイ氏が流暢な日本語を話し、奥さんが日本人で埼玉の人と聞いていたので安心したのでしょう。念のために家内にはその情報局の電話番号をメモに残して、十二時までに必ず連絡をするからと告げておきました。

上野の浅草口を出てどう行けば良いのかさっぱりわからず、タクシーを拾って住所を告げました。あちこち探し回ってようやく立花ビルを見つけました。木造二階建ての貧弱な古びた建物でした。大きなビルだと思っていたので、念のため隣のタバコ屋さんに聞きました。

「ロシアの情報局って知ってますか?」

「さ〜、聞いたことないね」

と言います。私はどうしたものかとためらったのですが、狭い階段を二階に上がりました。二つある事務所の入口の一方は日本名の会社の事務所でした。何も書いてないもう一方のドアーをノックしました。電話で聞き覚えのある男の声がして、ドアーを開けて入ると、中にセルゲイ氏と思しき中年のロシア人が迎えてくれました。十畳ほどの狭い事務所に机とパソコン、ソファーなどが置いてありました。握手をしてお互いに簡単な自己紹介をしました。

早速私は用意してきた質問をしました。最初はロシア人の家庭でのお互いの呼び方を聞きました。ロシア正教徒は朝晩の祈りをどうするか。ラトビアから撫順炭鉱にどうやってきたのか、ハルピンの白系ロシア人はどうしたか、などでした。敗戦後ビーカー一家はどこへ行った可能性があるか、ソ連に戻ったか、ハルピンに行ったか、上海に行ったかと矢継ぎ早に彼に聞きました。

話に夢中になってしまったので、途中で思い出して腕時計を見るともう一時半を過ぎていたのです。しまった、家で家内が心配して電話を待っていると慌てました。急いで家に電話をすると、家内はもう死にそうな声を出して「今すぐ帰ってきて！」と言います。

それから、お礼もそこそこにセルゲイ氏に別れを告げて、そのビルを飛び出しました。階段下に見送りに出てきたセルゲイ氏を、振り返る余裕もありませんでした。ようやく家にたどり着いて、安心した家内と一緒に昼飯を食べました。

前の晩、緊張して一睡もしていなかったので、疲れ果ててソファーの上で三時間もの間、干し草のようになって眠り続け、ベッドに入って又朝まで九時間も眠りました。今朝はようやく自分を取り戻したようです。この間は何かに取り憑かれていたようでした。

セルゲイ氏の話ではビーカー一家はハルピンに行った可能性が一番高いらしい。その頃はスターリンの時代でハルピンの白系ロシア人にソ連に戻ってきなさいという働きかけをしていたが、戻った人はほとんど死刑になっているはずだと言います。

昭和十七年（一九四二年）ごろに内田が撫順に訪ねて行った時にビーカーが「憲兵につけまわされて困っている」

と話していたという話をすると、セルゲイは「それだと一家は七三一部隊に渡されて、生物兵器の実験台になっている可能性が非常に高い」と言います。

それなら小説の中の私がビーカーの妹と結婚するという設定は、非現実的だということになってしまう。私の創造性によってそこを埋めなければなりません。

さて、その時のセルゲイ氏はゾルゲの話をしていました。死刑になった彼の墓は巣鴨にあり、その墓に欠かさずお参りをしていた石井花子という日本女性の愛人が、昨年死亡したという話です。彼女は死ぬ前に自伝を書いたと言います。

私は帰宅してからゾルゲ関係の資料を読みました。彼は人間的な人で、巷間流布《こうかんるふ》しているようなスパイなどという俗悪な存在ではありませんでした。彼は戦争ではなく平和を願っていた人で、日本やソ連に利用されて翻弄されて死んだのです。大兄の先輩の尾崎秀実もそうですね。国家というものへの限りない憎しみが湧いてきます。

前に記事を同封しましたがシベリヤでホームレスになった元日本兵の男がいました。あの男と私の人生の一番大切な時間を国は理不尽にもに奪ったのです。国に捨てられた私たち世代の男たちの魂を揺さぶるためにも、私は作品を書きあげなければなりません。

セルゲイ氏はその時私に約束をした『ウラジオストックと沿海州』という写真集をその後に送ってきました。その中に書かれているウラジオストックの歴史は大変勉強になりました。ウラジオストックは一八六〇年ごろに発見され良港に開発されて発展しました。日露戦争後には日本人が大勢押しかけて、居留地を作り「浦潮日報」なる新聞まで発行をしていたそうです。そこには西本願寺まで建てられています。

その後日本はアメリカ、イギリス、フランス、イタリア、中国などとロシア革命の干渉をしてシベリヤ出兵をしています。各国が引き上げてからは、日本だけは兵力を増強して奥地まで兵を進め、バイカル湖西岸のイルクーツクまで占領をしていたのです。そして七万人の軍隊を四年も駐留させている。バイカル湖以東を全て占領してしまう計画だったと言います。

日本は当時の金で九億円という巨額の戦費を費やし、そして五千人の死者を出し撤退したそうです。日本の大陸進出の野望は疑いのないものだったようです。

英一はシベリヤ出兵は聞いたことがあったが、こんな具体的な内容はほとんど知らなかった。

日本は革命で混乱をしていたロシアに介入して、植民地を漁《あさ》る欧米諸国を真似て出兵していた。結局それは大きな損害を出して失敗した。これはあまり触れて欲しくない隠された歴史なのだろう。

そして、このロシア情報局訪問事件の一週間後に朝日に乗った記事に英一は驚く。

ロシア参り頻発（朝日新聞）

四駆車窃盗密輸容疑者ら

暴力団関係者が四輪駆動車など約二六〇台を盗み、北海道の小樽漁港などから密輸していたとされる事件で密輸の取りまとめ役の二人の容疑者が、取引相手のロシア・マフィアと接触するために頻繁にロシアの沿海州やサハリンに渡航していたことが、一八日までの愛知県警の調べで分かった。二人はサハリンにいるロシア・マ

フィアの地方ボスとも会い、築いた人脈を利用して盗難四駆車の密輸を図っていたとみられる。同県警は二人をさらに調べるとともに、買い付け側のマフィアのメンバーとみられるロシア人二人の行方を捜している。取りまとめ役とされるのは、北海道苫小牧市の海産物輸入会社社長竹村信夫とパキスタン人のカーン・マリク・ヤール・モハメッドのいずれも逮捕。捜査三課のこれまでの調べではサハリンのロシア・マフィアの地方ボスとされる人物が、竹村容疑者などに電話で必要な台数などを伝えていたとされる。密輸の際の竹村容疑者との交渉や買い付けには、このボスの指示を受けて、ロシアの沿海州を拠点とするロシア・マフィアのメンバー「セルゲイ」と呼ばれる男たちが小樽港まで来ていた。

ここでセルゲイが話していた日本軍の七三一部隊は生物化学兵器の研究所で、満州国が建国した時期に大本営命令で満州に設立された。最盛期には三千五百人の職員を要した大組織であった。日本の大学の医学部や生物学の専門医など多くの研究者が集められていた。

京都大学医学部の石井四郎中将がトップで石井部隊と呼ばれていた。ハルピンの南方七十キロに作られた研究所は周囲八キロにもなる巨大な施設で、設備の完備した職員の宿舎や多くの研究棟、そして実験台にするために満州や中国各地から移送されてきた捕虜収容所が作られていた。

戦争で捕虜になった兵士やスパイ容疑や軽微《けいび》な犯罪で逮捕された中国人や朝鮮人、満州人、モンゴル人やアメリカ人、ロシア人をその収容所に入れていた。この生体実験用の捕虜をマルタという隠語で呼んでいて、戦後の研究によれば敗戦までに実験台にされたマルタは三千人もあったという。

満州の特高であった人の戦後の証言がある。

「七三一部隊送りにする捕虜や犯罪者は『特移扱い』と呼ばれて、その対象者を捕まえると大きな功績になった。そのために多くの特高は競って捕まえた」という。そのマルタに白系ロシア人も多く混じっていたという証言も出ている。

そこではペストやチフスなどの各種の病原体の研究・培養、ノミなど攻撃目標を感染させるための媒介手段の研究が行われ、その実験にマルタが使用された。多くは生きたままの生体実験であった。

その研究成果をもとに生物、細菌兵器を開発して中国各地を攻撃して多くの犠牲者を出し、そのデータを取るために直後に現地に調査員を送り込んでいたという。中国の寧波、常徳などでは実際にペスト菌が散布され多くの死者が出ていることが立証されており、最近日本に対する損害賠償訴訟がなされている。

敗戦直前にソビエト軍が北方から侵攻してくるという情報が入り、大本営から徹底的な証拠隠滅の命令が出されて、収容所に残っていた生体実験用の捕虜や囚人たちは全て殺され、その死体は大きな穴を掘ってそこに投げ入れて埋められた。残された研究資料は全て焼却された。その後巨大な研究施設はダイナマイトで徹底的に破壊された。

そして、職員は石井中将から厳重な口止めをされて、軍の庇護のもとにいち早く国内に逃げ帰った。

戦後の極東裁判では石井中将以下の七三一部隊の関係者は全て対象外で免責《めんせき》された。石井中将は手元に密かに隠し持った研究資料やデータを全て米軍に引き渡すことで、見返りにその戦争犯罪を全て問わないという取引がされたのだ。

七三一部隊にいた多くの研究者や医師たちには多額の資金が提供されて、戦後の大学や医療業界の主要な地位について日本の医学会や医療業界の指導者になっていった。

石井四郎中将の片腕であった内藤良一中佐は、日本で初めての民間血液銀行の株式会社日本ブラッドバンクを創立した。輸血用の血液の売買をする会社であったが、その後売血をやめて血液を原料として医薬品の血液製剤を作る株式会社ミドリ十字に衣替えをした。このミドリ十字は血友病患者の治療に用いる非加熱製剤を販売して、そこから患者にエイズを感染させる薬害問題を起こした。加熱製剤にすれば感染を防げることを知っており、それを作る十分な設備を持っていながら、在庫の非加熱製剤がなくなるまで五年間出荷していた。そして投与された血友病患者の多くがエイズに感染して重大な問題を引き起こした。

この事件を契機にしてようやく七三一部隊の情報が知られ出した。ミドリ十字はその後他社と合併を重ねて、医薬品業界の大規模な再編が進む中で「三菱ウェルファーマ株式会社」となり、国内大手医薬品業界の合併を経て現在の「田辺三菱製薬株式会社」、その後、一部業務を「日本赤十字」が買収して、現在「一般社団法人日本血液製剤機構」という法人として存在している。合併を繰り返したのは七三一部隊のイメージを消したかったのだろう。

英一はこのビーカーの足跡を探す過程で、彼らがマルタにされた可能性を知って、七三一部隊の資料を丹念に集めて詳細に調べていた。そしてこの残酷な所業に心を痛めていた。この犯罪行為を実行した人たちや、それを命令した人たちがその責任を全く取らずに戦後の日本社会の指導的立場に立っていることを怒った。

十二　「上海租界《そかい》」事情

英一の朝日新聞記者だった林俊夫氏との交流は、彼が東京へ出てきて独立した頃に林氏が発行していた新聞の編集を手伝ったのが契機になっていると書いた。それは多分昭和四十年（一九六五年）前後ではないかと思う。それ以後折に触れ手紙で相談をしたり、林氏の逗子の自宅に英子夫人と二人で訪問して、両家族ぐるみで交際をしていたようだ。林氏の京子夫人はその頃から夫の指導で小説を書き始めていたらしい。

この林俊夫氏は昭和十三年（一九三八年）ごろから朝日新聞の上海支局勤務であったが、前にも書いたようにいわゆる昭和十六年（一九四一年）のゾルゲ事件に関わって、特高の追求を避けるため朝日新聞を退社して、上海に身を隠した人だった。そして、敗戦後二年後の昭和二十二年（一九四七年）に帰国するまでの十年間上海で暮らしていた。

英一は林氏の人柄と深い知識、品性を慕って尊敬をし、その後終生折に触れ相談を持ちかけ、手紙を出し続けていた。

そして晩年に癌を患い残り少ない人生を小説を書くことに賭けた英一は、くじけぬように自分に縛りをかけるために、その決意を林氏に告げ助言を依頼している。それは英子夫人の手紙にあったとおりだ。

しかし彼が林氏と数百通もの書簡を交換したもう一つの理由は、

この戦争の総括をする上で避けることのできない大きな事件、ゾルゲ事件や満州事変、南京事件の中心部で林氏が新聞記者や特務機関として十年以上も過ごしてきて、その戦争の縮図とも言われる上海の事情を知り尽くしていることに強く惹《ひ》かれていたことだった。この日本の戦争の真実を知り、総括したいと思っているのならば上海租界《そかい》を知らなければならない。

一八六七年のアヘン戦争で敗戦した清国は不平等な南京条約を締結させられて、多額の賠償金の支払い、香港の割譲、上海、広州などの開港を受け入れたことは前に書いた。この時以来上海はイギリス、フランス、アメリカなどの欧米列強の拠点になりここに租界地が作られた。以後の上海租界《そかい》は長い間欧米列強の極東支配の拠点になった。特にここの一番地に巨大なビルを建設したイギリスのロスチャイルド家はこのアヘン戦争の主役であり、阿片と武器を売る死の商人であった。その支配下にあるジャーディン・マセソン商会は幕末の長崎にトーマス・グラバーを送り込んで、徳川幕府を簒奪《さんだつ》して偽装独立国家である大日本帝国を作った。それ以後の日本は敗戦までに、休む間も無く戦争に次ぐ戦争をした。徳川幕府の二百七十年間戦争をしなかった日本がなぜこれほどまでに戦争に狂奔《きょうほん》したのか？その謎を解く鍵は上海にあるのだった。

様々な分野の人々が魔都と言われていた上海租界《そかい》に引きつけられて活動をしたが、もちろんそこの主役たちは巨大なユダヤの国際資本家たちとその召使いたちであった。彼らは阿片や兵器を売り、戦争を作る死の商人と言われる人々だった。そして彼らの護衛をする軍隊がいた。ここで一旗あげることを目論んだ民間の野心家達が、ハゲタカのように資本家達のおすそ分けを狙って集まってきた。祖国で罪を犯して追われた人々も多かった。

阿片戦争以後清帝国が疲弊《ひへい》して、イギリス、フランス、イタリア、米国、そして日本帝国が租借地に割拠《かっきょ》していた。中国内には清帝国に服属しない多くの馬賊と呼ばれる軍閥が割拠《かっきょ》して、互いに争い連携してせめぎあっていた。

その馬賊相手に武器を売り軍需物資を売って、利益を上げようとする野心家達も群がった。日本のあるエリート官僚は汚職の疑いで官憲に追われて、上海に逃亡をした。そして石炭や武器、弾薬を密かに馬賊に売って巨利を得ていた。その利益で銀行を設立したという。こんな話をしていた。

「中国人はね、油断すると港に積んである石炭をネコババする。油断がならないんだよ。でも積んであるときに雨が降ると大儲けになった。重くなるからね」

汚職官僚は上海で銀行を作ったのだけれど、信用がないから預金が集められなかったので、うまくいかなかったという。上海では一個人であっても銀行を設立できたらしい。

当時の上海租界《そかい》にはドッグレース場、賭博場、ダンスホール、映画館などができて世界の文化の窓口になって、あらゆるモダンなものに溢れ、誰でもハリウッド映画やジャズなどのアメリカ文化、カフェなどのフランス文化などを、直接享受《きょうじゅ》することができた。上海に住む人たちは国家や封建的な制度や伝統から解放され自由だった。西欧文化の坩堝《るつぼ》でモダンで自由でデカダンスでもあった上海は、大正時代から昭和初期に日本の多くの文化人を惹《ひ》きつけていた。

明治維新で開国した日本は西欧近代文明の導入を急ぎ、産業の近代化を進めて、その成果で急速に軍事力の増強をして欧米列強と肩を並べようとしていた。しかし無理な近代化に取り残された地方の大部分は、未だに封建制家族主義の中に取り残されており、国全体として多くの矛盾を抱えていた。

西欧の個人主義思想は明治末期から大正にかけてのいわゆる大正モダニズムあるいは大正ロマンとして、ようやく大都会の一部の知識人や文人たちがその果実を味わい、人を個人として自覚し始めたばかりであった。彼らは煌《きら》びやかな上海租界《そかい》をその理想の発信源として捉《とら》えていた。そして異国情緒を豊かな「蘇州夜曲」「シナの夜」「夜来香」（イエライシャン）などの多くの上海を舞台にした歌謡曲が流行したのは、その上海租界《そかい》を日本が支配下に置いた昭和初期の頃であった。

上海には日本人の内山完造が経営する内山書店があって、そこを中心に日本の多くの文化人が集まってきた。賀川豊彦、吉野作造や谷崎潤一郎たちや日本に留学していた郁達夫、郭沫若、魯迅などの日本留学経験者である中国知識人もここに集まっていた。

また上海を訪れた、横光利一、林芙美子、野口米次郎、長与善郎らの作家・詩人、長谷川如是閑、室伏高信、山本実彦らのジャーナリストたちはここで魯迅《ろじん》と交流をしていた。林俊夫も彼らと交流をしている。敗戦の前年には、戦後小説家になった堀田善衛が上海にわたってきた。

日本は第一次上海事件を契機に満州国を作り国際連盟を脱退して、中国大陸を本格的に侵略し、欧米諸国と対立した。やがて第二次上海事変で西欧諸国の支援を受けた中国と本格的な軍事衝突をして戦争を開始した。その結果上海租界《そかい》は日本軍が支配することになった。ここを拠点として、五族協和、王道楽土、八紘一宇《はっこういちう》という美名に隠れて、極東と東南アジアを植民地支配しようとしたのだ。

その上海での大日本帝国の振る舞いを最もよく知る立場にいた人が林俊夫氏だった。栗林英一と林俊夫氏との書簡は三百通を超えている。特に英一が最後に膀胱癌を発症して、残された時間が少ないことを自覚してからは最も多く手紙を書いている。

英一の多くの手紙を要約して以下にまとめた。その後の林俊夫氏の「魔都上海物語」を促《うなが》した手紙である。

お手紙ありがとうございました。

大兄の上海での体験の多くのエピソードは、本当に興味深く読ませてもらっています。

私はこの前台湾旅行に行って来ました。台湾というところは、人も風土も雰囲気も中国と違っていて、ガイドの話も親近感があってこちらが政治に興味があるとわかると、様々な思いを話して来ます。ちょうど台湾が独立派と親中派に別れて緊張をしていた頃でした。蒋介石の銅像にペンキが塗られて、一斉蜂起《ほうき》して国会を包囲するという話がありました。そのガイドも興奮して参加すると言っていました。

私も、密かに武器を売りつけるアメリカやずる賢いフランスを批難しました。そして話は盛り上がって、後の予定を変更するほどでした。

さて大兄の語る上海には私も三回ほど旅行で行きました。その時も満州で見かけたオマルが軒下に乾かしてあるのを見つけました。大陸は寒いので外便所に行くのは大変で、どこの家もオマルで用を足しているのです。上海でそれが干してあったのですが、他の誰も気が付かなかったでしょう。

私が大連で見かけたのは、死にかかった老人を穴の中に入れて大勢で取り囲んでみんなでそれを見ている光景でした。

杜甫《とほ》の詩とか悠久《ゆうきゅう》の大地などと中国を理想化して解《わか》っているつもりの人たちが日本にはあまりに多く、呆れてしまいます。陳凱歌《チェンカイコー》という監督は『覇王別離』（さらば我が愛）四時間の大作で、文革時代に起こった事件を元に映画を作りました。私は東急の文化村の映画館でみました。これを見て怒りと悲しみが込み上げてきて思わず声をあげて泣いてしまったのです。なんともすさまじい映画でした。

彼はインタビューを受けて「海外で映画を製作するつもりはない。私の映画は中国の映画で中国人以外に興味はない」

と言い放っていました。それが忘れられず、文化の差とはなんだろうと考えさせられています。魯迅《ろじん》が阿片を吸い続ける中国の大衆を見ながらその絶望を希望に繋《つな》げていった苦悩の深さなど、とてもそこらへんの日本の文化人などにはわからないでしょう。中国の文革に対しても日本ではほとんど解釈がバラバラで未だに定見がありません。

ところで陳凱歌《チェンカイコー》の書いた『私の文革時代』によれば、映画監督であった父を告発したと書かれていました。そして雲南省に下放されて、紅衛兵《こうえいへい》たちと毎日毎日周囲の山が裸になる程に伐採をして、それを燃やしながら北京を思い出していたと言います。それがしみじみと私の胸にしみて来ました。

別の機会に、秦の始皇帝の兵馬俑《へいばよう》を見学に行った時、電車の車窓に続く見渡す限りの黄土高原が広がっていました。黄土色をした山間の民家と人々は区別がつかないほど黄土色に染まっているのでした。この中国の文化圏に日本文化も属しているのだと誇りを持っている人もいるかもしれないが、私には強い違和感を感じると同時に、日本文化のアイデンティティに対する疑いを禁じ得ません。このユーラシアの大陸全域にそれは繋《つな》がるものです。この黄土高原から西の広大な草原や砂漠や岩だらけの険しい山を超えて、その最果ての西ヨーロッパ迄の世界は、モンスーン地帯の森や草に覆われた日本や東南アジアの世界とは本質的に異質なのではないか？と果てしない疑問が湧いて来ます。

大兄の上海時代のお手紙は毎回上質なミステリーを読むようで、実に印象深く楽しませていただいております。六十年前の生活がまるで昨日のように鮮《あざ》やかに書かれています。私の大連時代も同じです。二十年三十年もあっという間に過ぎて行く日常とはなんなのだろうと、つくづくと考えさせられます。

あの上海の日常は死と隣合わせなのに、淡々と過ぎていきます。そしてその日常の中に深い闇を包含して、戦後も日本社会の中心で力を振るった多くの人々が蠢《うごめ》いていきます。その史実とは一体なんだろうと何度も考えさせられます。

そんな上海を戦後の人たちが表層だけを捉《とら》えて、感傷とロマンを重ねて上海を語っているようです。例えば自由劇場の「上海バンスキング」もそうです。開高健も上海について語っていましたが表層だけを体裁よく捉《とら》えた彼の文章は感心しません。井上陽水も「なぜか上海」作曲して歌っています。

しかしロマンチックな気分だけの上海は、戦前の一連の満州映画協会の「夜来香」となんの変わりもないのです。歴史を知らない人たちがいくら語っても、その上海は自分たちが葬った青春の旅情を描いているに過ぎません。室伏高信という人はヒトラーの『我が闘争』の翻訳者だったので私は知っていました。

最近、昭和陸軍の研究という本を入手しました。七十歳～八十歳の旧軍人一人一人にインタビューしてそれをまとめたものです。この種のものとしては最後のものになると言われている本です。戦地での殺戮《さつりく》の様子が細部に渡り淡々と語られていて、本当だろうかと不思議でなりません。今の日常隣にいる人々がこんなことをするということが、想像できないのです。私の探しているビーカーは七三一部隊でマルタとして処理されたのでしょう。

私の病気の様子も一進一退です。でも大兄からの手紙で私は勇気百倍になり元気を回復します。

この間、シベリヤの私のいたトフィンという収容所の所在を探して、抑留者協会に問い合わせをしました。そこから返事が来ました。私の依頼の手紙がロシア語に翻訳されてウラジオストックに送られて、ロシア協会の返事が送られて来ました。トフィンという収容所のことは何も書いてなくて、その近くを探索する四泊五日のツアーの案内が入っていました。二人で五十万円の費用も添えてありました。六万人もの死者を餌《えさ》に、遺族たちに働きかけて稼いでいる旅行社があるのです。私は旅行は取りやめにしました。

長々と、とりとめもないことを書いてしまいました。お身体を大切にお過ごしください。

そしてすでに八十八歳になっていた最晩年の林俊夫氏からの多くの書簡には、林氏の生い立ち、暗黒都市上海とそこで暗躍する日本国家の様子が詳しく書かれていて、これまで誰にも書かれなかった貴重な現代史の資料となるものであった。英一の熱意に影響を受け、これまで口を噤《つぐ》んできた体験をようやくこの手紙に記している。

その林氏の手紙に書かれた事件や出来事は多くの手紙に少しずつ分散して書かれているが、内容を分かり易く整理して以下に纏《まと》めた。少し長くなるが、これまで歴史の表に出ていない貴重な事実がここに書かれている。

十三　アジアの植民地の拠点「魔都上海物語」

私林俊夫は明治三十七年（一九〇五年）に京都近郊の村長の次男として生まれた。長男は生後間もなくなくなったので、実質は長男として育てられて我儘《わがまま》に育っていた。中学生の頃には当時の風潮であったクロパトキンやマルクス、エンゲルスを読んでいた。それで封建的で暗い京都を嫌って、東京に行きたくて早稲田大学に入学した。当時は思想弾圧の嵐が激しく吹いており、その中で酒も女も寄せ付けずに、誤訳だらけの秘密出版の赤がかった書物を読み続けていた。あまりに難解だったのでひたすらそれを読むことに熱中して過ごしていた。友人達は反戦ビラを配ったり、労働者のストライキの支援をしていたが、私は大した活動もせずに過ごしていた。それでも、何度も警察に捕まって在学中の三分の一は留置場暮らしをしていた。

早稲田大学を卒業して映画監督を志望して東映京都撮影所に入ったが、ここも京都の封建制の権化であったので七ヶ月で退社をしてしまった。こんな日本社会の封建制が嫌だったので、進歩的と言われていた朝日新聞記者になったが、しかしここでも論争や議論になると
「お前は何年入社だ。生意気言うな！」

などと言うセリフが飛び出す。

朝日の大阪本社には三年ほどいたが、私があまりに反抗的だったのと、中国語ができると言うので、結局上海特派員に飛ばされてしまった。折しも日本軍は本格的に中国侵略を初めて第二次上海事変、南京攻略戦のあとで上海租界《そかい》は日本の支配下になっていた。しかし国民党軍は大規模な激しい抗日戦を仕掛けていた。私は上海に着くと早々に海軍の大運河作戦の従軍を命じられた。

大運河とは隋《ずい》の煬帝《ようだい》が完成させた二千五百キロにも及ぶ京杭《けいこう》大運河で、北京と上海を結ぶ大動脈である。上海を掌握《しょうあく》しようとした日本軍は中国軍の激しい抵抗を受けて、特に物資輸送の生命線である運河の確保に力を入れて作戦を展開していた。この作戦は当時最も激しい戦闘が頻発していた。この戦いで日本軍はおおよそ三万人の戦死者を出していた。黄河との堤防が爆

破されて、沿岸部の高郵湖周辺の民家や農地が水没して大混乱になっていた。

私は朝日新聞社が持て余していた赤色記者だったので、この激しい激戦地の最前線で「早く死んでこい」と送り込まれたのではないかと気がついた。前線でも蚊帳《かや》を貸してくれなかったり、夕食が食べさせてもらえなかったりで、何時《いつ》もいじめのような不公平な扱いを受けていた。「死んでたまるか！」と歯を食いしばって頑張っていたのだが、二〜三年経つとさすがに辛《つら》くて苦しくて「死んだ方が楽だ」と思うようになっていた。しかし中国軍の度重なる激しい銃撃を受けて周囲に死者や負傷者が続出しても、なぜか私には弾が当たらない。

そんな上海特派員生活を送っていたが、五年ほどして本社勤務に戻った。相変わらず上海への出張が多かったが、そこでは中国語の海外情報を訳して、朝日新聞社の記者出身で近衛内閣の顧問であった尾崎秀実氏にそれを提供していた。

昭和十五年（一九四〇年）に日本軍の真珠湾攻撃によって太平洋戦争が始まり、その翌年にあのゾルゲ事件が勃発《ぼっぱつ》した。多くの関係者が逮捕されそして周辺に特高の手が伸びてきた。都内の知人などにかくまってもらっていたが、朝日新聞社でも私の身を案じて対策を講じてくれた。退社して行方不明になったということにして、上海に身を隠すことになった。

上海では海軍の特務機関としての情報蒐集《しゅうしゅう》や中国人に向けた新聞や広報誌を発行することになった。

この中国という国は日本人の常識では捉《とら》えきれないものだった。北京や南京の中央政府の統制が及ばない広大な土地が存在している。地方にはいわゆる地方軍閥、馬賊などと呼ばれる勢力が割拠《かっきょ》しており大きな影響力を及ぼしていた。そして上海のような巨大都市は特にそれがひどかった。上海の中心街にあるオフィスビルや個人住宅のビルは、買弁という中国人が支配人として取り仕切っている。日本人の駐在員やその家族たちはそのビルを借りて、住まいにしているが、その所有者がインドに住むイギリス系の一握りのユダヤ人であることを知らない人が多い。結局上海の政治的な施策や外交に関することは、誰も知らぬ間にこの数人のユダヤ人たちに決定されているのだ。

例えば、上海に北方から攻め込んできた中共軍に対して、南京の蒋介石軍は戦闘をしてその結果折り合いをつけたのだけれど、上海では知らぬ間に彼らが金銭を支払って決着をつけたの

だ。
中国には急流がないので水力発電ができないから、電力は石炭で発電をする。しかし上海を含む中南部は石炭が出ないので、この京杭《けいこう》大運河で北方から石炭を運んでいる。
日中戦争が激しくなると、北方からの石炭の輸送路が途絶して、上海に石炭が入らなくなる。そうすると上海は電気が消えて、それこそ本当の「暗黒都市」になってしまう。
この京杭《けいこう》大運河は多くの麦やコメなどの食料や生活物資を運ぶ、文字通りの中国の生命線である。私は従軍記者の時にこの運河を確保するための戦闘に駆り出されたのだ。この運河の南部は大きな高郵湖を利用しているが、二千五百キロメートルもの長大なこの運河を作るのは気の遠くなる程に大変なことだっただろう。幅はもっとも広いところでは百メートル近くもあり、そこを何十艘もの木造船を運搬する汽船が行き交っている。北方の終着点が北京で南方の実質的な終着拠点が上海なのである。

上海には明の時代からの政府の支配の届かないヤクザ社会がある。それを青幣（チンパン）、赤幣（ホンパン）という。

この組織の大元は政府の公認する官許《かんきょ》ヤクザともいうべきものであって、この京杭《けいこう》大運河の治安維持にあたり、物資の運搬をスムーズに行う役割を与えられていた。上海にはこのヤクザ組織が未だに残っていて、政府や軍が直接に処理できない様々な事案の処理を担当して大いに実績を上げている。

上海にはまた様々な特務機関が存在していた。欧米諸国や中国も同様に上海にそれらの組織を持っていた。日本の海軍や陸軍も独自の特務機関があった。その特務機関の中には欧米人を専門に監視するものもあったし、中国人の政治家や民間人や反体制活動家を監視の対象とする機関もあった。上海に出店していた日本人の書店主の内村完造も要注意人物として逮捕されて投獄されたこともあった。彼はその書店を通じて日中の文化人の交流に大きな功績を残した人であった。

特務機関の人は背広や普段着で働いていたので、一般の人はほとんど彼らを知ることができないし、共同の仕事をする憲兵と間違えられることが多い。

また満州の特務機関は阿片を上海に持ち込んで売ったり、映画を作って民衆を日本の味方に感化する仕事もしていた。それを主としてやっていたのが甘粕《あまかす》大佐であった。

大正十二年（一九二三年）に憲兵隊特高の大尉であった甘粕《あまかす》はアナーキストの大杉栄と内縁の妻で作家の伊藤野枝と大杉のわずか六歳の甥を虐殺した。上官の命令を疑われたが、甘粕《あまかす》大尉の独断でやったことになって懲役十年の刑になり投獄されたが、わずか三年ほどで釈放されて満州に渡った人物である。

昭和六年（一九三一年）に関東軍の謀略で瀋陽付近の柳条湖の満鉄の鉄道が爆破された。この事件の首謀《しゅぼう》者は、関東軍高級参謀の板垣征四郎大佐と関東軍作戦主任参謀の石原莞爾《かんじ》中佐であったが、これが中国軍の攻撃によるという名目で関東軍は出兵し、満州事変が勃発《ぼっぱつ》した。そして日本軍は清国の最後の皇帝である溥儀《ふぎ》を皇帝に据《す》えて満州国を作って独立させた。

この時に天津に隠棲《いんせい》していた溥儀《ふぎ》を説得して脱出させて、ハルピンに連れてきたのはこの甘粕大尉《あまかす》だった。

その甘粕《あまかす》大尉が満州映画協会二代目理事長になった。さらに甘粕《あまかす》機関という特務機関を作って阿片の販売に手を染め、満州の要人となって大佐に昇進をしていた。

その彼が育てた満州映画の花形スターが李香蘭だった。彼女は山口淑子という満鉄社員の娘で、満州生まれで中国語は中国人と変わらないほど流暢に話せた。その彼女を李香蘭という名前をつけて中国女性と偽って映画スターの花形にした。多くの作品をヒットさせてその主題歌も広く歌われる事になった。先にも書いた『夜来香』『シナの夜』は満州映画の作品の主題歌で日本でも広く歌われた。

李香蘭は敗戦近くになって上海が危険になると、陸海軍の上層部に身売りをして、身の安全を図っていた。

実際にその相手になっていたある大尉が私に話をしていたから確かなことだった。

彼女は敗戦後、中国政府に捕まって裁判に掛けられて、中国人売国奴の漢奸（カンカン）であるということで処刑されそうになったが、撫順《ぶじゅん》の女学校時代の同級生の白系ロシア人女性の証言で日本人であることが証明され、さらに中国政府の政治的な計らいで釈放をされて日本に帰国した。その後山口淑子として、自民党の参議院議員になった。

この満州映画や阿片の収益は関東軍の運営資金になったという。こうした特務機関のトップはほとんどが現職の軍人だが、その行動の責任は軍部は一切負わなかった。彼らへの命令はどこから出ていたのか、上海の場合は南京軍司令部であったようだが、もしかすると他の大部分の特務機関の命令や指示は、大本営から出ていたのかも知れない。

この特務機関には多くの民間人も働いていて巨大な組織だったと思うが詳細はわからない。こうした人たちが上海や北京にウヨウヨといて、皆んなそれで飯を食っていた。

上海海軍の特務機関に児玉機関というものがあった。戦後日本の政界で暗躍したあの児玉誉士夫がトップであった。その児玉機関は主として鉱物資源や様々な軍需物資を調達していた。アンチモンなどの鉱物が必要になると、揚子江の下流の港に古手の新聞記者を使って買い入れ所を開設して、そこで買い集めていた。ある量がまとまるとそれを日本に送る。それ以外にはジャンクを使って台北と上海間の貿易をしていた。日本の軍隊は互いに孤立して連携が取れていない。中国の日本軍と台湾の日本軍は、互いに孤立していて軍需物資の相互融通もできなかった。それでこの民間の特務機関とも言われる組織が物資の調達や融通に大いに役立っていたのだ。無論日本軍の影響下にある組織であった。彼らは名目上、民間の組織だったから、お金があれば誰とでも取引をしていた。私は伝手《つて》があったので、これを利用して上海の市場では全く手に入らなくなっていたバナナを毎日たらふく食べることができた。

この児玉誉士夫は敗戦の情報が入ると巨額の隠匿《いんとく》物資を隠し持って、いち早く帰国して、敗戦後は東京の文京区に米軍人相手のクラブやホテルを作って高級売春をやっていた。彼は金を山ほど持っていた。私も彼のおごりでそこに一泊したことがある。

又日本軍の通称松井機関という特務機関も上海に置かれていた。上海南京攻略司令官の松井石根大将のもとに働く機関だった。通常は大佐クラスの機関長のもとに十数人の隊員が働いて

いた小規模のものだったが、何か事件が起こると多くの人材を集めて活動を始める。
　中華民国の蒋介石軍は南京から奥地の重慶に逃れて、そこを国民党政府の首都として抗日戦争を指揮していた。その蒋介石の国民党政府の分裂分断を図って松井機関が工作を始めた。重慶政府の閣僚に様々な真偽不明の情報を流して大臣たちの離間《りかん》工作をした。それが功を奏すると、その大臣が重慶を離れた時に密かに接触して、具体的な条件を話し合い成立すると彼らを上海に連れてきたのだ。実際に重慶政府の閣僚だった王兆銘はハノイにきた時に松井機関が迎えに行って、上海に連

れてきた。そして上海で日本の傀儡《かいらい》政府としての南京国民党政府を樹立させた。これは当時としても国際的な大事件だった。

上海には互いに独立した抗日ゲリラが多かった。このゲリラ部隊は中国人が居住する旧城の中に本拠を置いていたので、日本などの外国軍はほとんど手に負えなかった。ゲリラの方法は一人一殺でその手段はピストルであった。街中で発砲して殺し、すぐに群衆に紛れて旧市街に逃げ込んでしまうので、日本の軍や警察も苦労をして追求をしたが犯人はほとんど捕まらなかった。

何よりも上海の住居のある地区は道が狭くて迷路のように入り組んでいる。住所が分かってもそこにたどり着くのも大変である。その上に抜け道が数知れずあって、よそ者の手に負えない。日本軍が一時その抜け道にバリケードを作って塞《ふさ》いだけれど、全くダメだった。

しかも上海市の外に出ると其処《そこ》は、もはや租界《そかい》ではなく危険この上ない。道は租界《そかい》だけれど両側の住居は租界《そかい》外になっていて中へは入ることができない。結局テロの犯人の方が十倍も自由でどうしようもなかった。

それに中国人の地方出身者たちはそれぞれの出身地ごとに青幣《チンパン》、紅幣《ホンパン》のようなヤクザ組織を作っていて、彼らも中央政府の言うことを聞かない。互いに出身地の言葉で話すので他の人には理解できない。宗教は仏教ではなくフィフィ教（イスラム教）が多かった。

こんな状態なので、外国人は音を上げてしまい、上海は「魔都」とか「暗黒社会」と過度に幻想を作ることになる。もちろん日本をはじめとする欧米諸国の諜報《ちょうほう》機関も暗躍するから余計にそうなっている。

戦況が悪化した昭和十八年（一九四三年）ごろに、当時近衛内閣の閣僚になった緒方竹虎情報大臣が上海に特使としてやってきた。朝日新聞社の副社長であった人である。近衛総理のところに重慶政府の意向を受けた中国人が訪れて来て「蒋介石は和平に傾いている。重慶に特使を送って協議したらどうか」と伝えて来たので、緒方が総理特使として陸海軍部の上層部や新聞各社の上海代表とその扱いについての会談をした。私はその会談に出席していて、「その情報は信用できるか」と質問をしたが、取り合ってもらえなかった。

この上海での多くの関係者の意見は、日本政府は和平のための特使を蒋介石に送って交渉をした方が良い、というものだった。緒方大臣もそれに傾いていた。

私は、当時の蒋介石は米英の後押しで意気軒昂《けんこう》の時であり、勝利を確信していたと言う情報を握っていた。それでその会議の後に緒方大臣と話す機会を得て「そんな情報は海軍にも上海市内にいる重慶派にも全くない。和平交渉は無駄だ。その逆の話なら私は賛成するが何か自分の利益のための工作ではないか」と強く反対をした。

当時の私は公式には地位もない裏舞台の人間であったので、その意見の効果のほどはわからなかったが、結局この和平の特使派遣は実行されなかったようだった。私にしてみると今になってこんな和平の話が出る方が不思議だった。

やがて太平洋での戦局が次第に悪化して、サイパンや沖縄での敗戦が伝わって来た。上海はそれほど混乱はしていなかったが、日本軍が太平洋の各地で敗勢《はいせい》であるという情報が密かに伝わって来た。

昭和二十年（一九四五年）の八月十日には上海の中国人の間に、日本が無条件降伏したと言う話が駆け巡った。日本軍や在留邦人達も動揺をしていた。しかし今更どうしようもないという諦《あきら》めがあったのだろう、お互いに連絡しあって虹口《ホンキュウ》の日本人街で身を寄せ合っていたが、大混乱になるほどではなかった。

八月十五日に天皇の玉音《ぎょくおん》放送があった。上海市内は祝賀する無数の中国人が街灯に走り出てお祭り騒ぎであった。爆竹が鳴り、無数の青天白日旗が翻《ひるがえ》っている。日本軍駐屯地からは物資を満載した多くのトラックが走り出て来た。私たちも互いにどうしたら良いのかわからずに、戸惑うばかりだった。

その時に、日本陸軍から私や在留邦人に情報が伝えられて来た。

「陸軍は天皇陛下を迎えて、上海に上陸するアメリカ軍を迎え撃って、一歩一歩内陸に後退して満州に向かう」

と伝えて来た。私は呆れてしまった。飛行機も艦船も殆ど無くした軍隊がどうしてそんなことが実現できるのか。

しかし私はとりあえずその方針に沿って、満州で新聞を発行するための設備の運搬の準備を進めていた。しばらくすると陸軍からまた連絡があった。

「若宮さまが止めろと説得に来たので、満州への移動は止むを得ず中止する」と伝えて来た。上海在住の日本人の大多数は、これに大いに落胆していた。しかし、おおよそ馬鹿な話だった。

当時の上海在留の日本人は世界の情勢も日本軍の惨状も全く知らなかった。私たちもその情報を知らせることを軍部から禁じられていたから、やむを得なかった。

敗戦になって、日本軍は武装解除されて在留邦人と一緒に虹口《ホンキュウ》の日本人地区に集められてそこに収容された。そして、帰国の順番を待って次々に本土に帰国をして行った。

私は中華民国政府に呼び出されて、中国に残って我々に協力をするように要請をされた。中国政府のプロパガンダのための新聞や雑誌の編集発行をせよという。敗戦の虚脱感と日本国への不信と幻滅《げんめつ》とがあって、投げやりになっていた私はそれを受けて中国に残る事になった。

それからは中国向けの文芸誌や新聞を発行し始めた。上海には敗戦後も多くの日本人が帰国せずに残っていた。のちに小説家になった堀田善衛もその一人だった。彼にもプロパガンダ新聞や月刊誌などの編集や執筆をしてもらっていた。そして朝日新聞の先輩記者の室伏高信の娘で中国文学研究家で翻訳家の室伏クララも上海に残っていた。

彼女は東京女子大を出て東大の中国語の先生の妻となった。しかし、その夫は嫉妬のあまりに彼女の家の周りに砂をまいて男の出入りを警戒するという異常な人であったという。それで父親は彼女を上海に逃したという。彼女は美人で頭の良い知的な人であった。そして中国文学に魅せられて勉強をしており、日本人の中でも最も優秀な発音で中国語を話せて、文章も中国人をも凌《しの》ぐ文章が書ける人だった。それで私は敗戦の数年前から彼女に中国語新聞や雑誌の翻訳を依頼していた。海軍の後援《こうえん》で発刊していた『上海月刊』には、彼女に中国現代小説の翻訳を頼んでいた。しかし敗戦後の混乱の中で彼女は忙しすぎて体を壊し、肺結核にかかったのでその仕事を中止していた。

彼女は以前に上海在住の中国人と同棲していたが、日本が敗戦すると、その中国人は重慶から上海に帰って来た。彼は地位も高く豊かだったので、困窮していた彼女もようやく楽になるかと思っていたが、結婚の話や色々の問題が発生したのか、彼女は急にモルヒネを大量に飲んで自殺してしまった。周囲では肺結核が急に悪化して亡くなったと話していた。

その彼女の四十九日の法要を虹口《ホンキュウ》の公会堂でやることになった。日本人と彼女の知り合いの多くの中国人と一緒だった。その法事が終わったその夜に仲間と麻雀大会になった。深夜に私は疲れ果てて便所に行こうと暗い廊下に出てみると、白衣のクララが大分前を歩いている。彼女が振り返るのを期待して後ろを歩いて行くと、彼女は突き当たりの締め切りになっているドアを音もなくス～と外に抜け出した。急いで駆け寄ってガラス窓から上を見ると、中天の満月に向かって彼女が昇って行く。ドアーを開けようとしたけれど、針金で縛られていてびくともしなかった。やがて彼女は白い月に向かって吸い込まれて行くように消えてしまった。阿保《あほ》けたように空を見上げていた私は、ようやく彼女は死んでいたことを思い出した。

急に悲しくなり涙が止め処なく溢れて来た。

敗戦後二年して私は彼女の遺骨を抱えて日本に帰国した。そして彼女の家を訪れて、両親や妹に会って死亡時のことや上海での彼女の活躍の様子を伝えた。しかしその幽霊の話はしなかった。

上海で敗戦を迎えた在留邦人は、全ての特権を失って一転して命や財産の危険にさらされることになって混乱をしていた。

紅野賢介編『堀田善衛上海日記』に混乱していた上海市街で林俊夫氏が上海で迎えた敗戦の様子が書かれていた。


私は林氏、室伏女史と三人で虹口の方へ向かい、四川路の憲兵隊の前まで来た時、林氏は思い出したように、青白い顔を皺で刻んで遂に言った。

「これが日本の対支那政策の末路だ、俺は帰って本を書く、『遠来の暴徒』（これは日本兵の強姦事件を遠回しに支那新聞が描いた言葉）という言葉、また『強盗の末路』という言葉を発せしめたものは何か、ということは、どうしても今度という今度は書かねばならぬ」

と掠れた声で叫んだ。


これは林氏自身の書簡にはなかったが、上海で敗戦を迎えた時の氏の心の底からの叫びだったのではないか。彼はゾルゲ事件を逃れて十年以上もの間上海にいて、日本という国家のいかがわしい振る舞いを熟知する立場にあったのだ。

大東亜共栄圏、王道楽土、五族協和の美名の裏で何が行われたか、どれほどの中国民衆が犠牲になったか、どれほどの日本人が死んだか、殺し殺され奪い奪われ、それを操って誰が得をしたのか。その抑えきれない怒りが溢《あふ》れ出たのだろう。

林俊夫氏が上海で見知っていた児玉誉士夫の行動と人脈は以下のようだった。

児玉誉士夫は昭和天皇から国父と呼ばれた右翼の頭山満とも関係があり、笹川良一が結成した右翼団体・国粋大衆党に参加している。その後外務相情報部長河相達夫の知遇《ちぐう》を得て、海軍の嘱託となり上海で児玉機関を運営して、それをきっかけに黒幕へのし上がっていった。また笹川の紹介で海軍航空本部の嘱託となった。ここで源田実と知り合いになった。戦後に源田は児玉に瀬島龍三を紹介している。瀬島は大本営参謀でシベリヤに抑留された日本人抑留者の監督をした人であった。敗戦後は伊藤忠商事のトップになって政界の黒幕と呼ばれていた。

真珠湾攻撃の直前、海軍航空本部独自の物資調達の為に上海に児玉機関が作られた。これは、タングステンやラジウム、コバルト、ニッケルなどの戦略物資を買い上げ、海軍航空本部に納入する独占契約をもらっていた。

この児玉機関は侵略した日本軍の後に付いていって、中国や東南アジアで現地人の金塊やダイヤなどの巨額な財宝を略奪して、敗戦直前に日本に持ち帰って隠匿《いんとく》したと言われている。鉄と塩およびモリブデン鉱山を支配下にして農場や養魚場、秘密兵器工場も経営していた。こうした事業の資金を得るために日本へ、ヘロインを売っていたという。海軍中将大西瀧治郎が児玉の後ろ盾になっていて、憲兵が逮捕してもすぐに釈放されてしまったという。

ここに出てくる人物を以下に列挙する。昭和天皇、頭山満、笹川良一、源田実、瀬島龍三、児玉誉士夫、である。この人たちの共通項は、この戦争を主導した人たちで、しかも戦争責任を問われず、戦後も密かな権力の座にあって政界を牛耳っていた人たちである。

敗戦後の上海で日本国や日本軍部の振る舞いに怒りをぶつけて、帰国後はそれを書いて告発すると叫んだ林俊夫氏は、結局それを実現できなかった。

敗戦したのならばこれまでの支配者は権力を失い、全て新しい国家権力者に入れ替わると思うのが自然だろう。しかし戦後の日本という国家は戦前と本質的にほとんど変わらなかったのだ。表面的に民主国家の皮をかぶっていただけで、支配者は戦前と同じであった。帰国後それを知ったゆえに、林俊夫氏はこの思いを書くことができなかった。彼の戦後の著作はいくら探しても見つからなかった。

帰国した林氏は元朝日新聞社の主筆、副社長で自由党総裁になった緒方竹虎の秘書になった。この緒方は朝日新聞社時代にゾルゲ事件で逮捕された尾崎秀実の上司だった人だ。緒方は米国CIAのアラン・ダレスの指示で次の総理になることが約束されていた人であった。結局保守党の中の様々な政治的な権力闘争があってそれは実現しなかったが、多くの要職を経て吉田内閣の副総理になった。このときに内閣調査室という情報組織を作って、それを強力な日本版CIAとして設立する構想を持っていた。この構想は世論の反対にあって実現しなかったが、彼はアメリカのCIAに評価されて、そこから資金援助を得たという。

ゾルゲ事件は単純なスパイ事件ではない。

その複雑な政治的関係の中心にいた緒方の秘書に就任した林氏が、何も語れなかったのはこ

こに理由がある。ゾルゲ事件に直接彼が触れていたのは

「彼（尾崎）はただ国家のためという愛国心から動いただけなのです。彼の報告書はゾルゲ宛てというより、当時の近衛首相とかそのブレーンの会員たちに向けた報告だった。特に重慶市の行政官庁の所在地やそれらが岩穴を開けて地下に数多く分散されているので、日本の航空機の爆撃の効果が薄いことや、そこに対する日本軍の作戦の詳細などを明らかにしていた」

と書いているだけだった。

しかしこんなことは軍部では常識であったことで、わざわざレポートにするほどのことではない。そのブレーンの議題に登ったのは、もっと重大な大日本帝国の戦略であったはずである。それは戦後四十年以上経っても林氏が話せないことだったのだろう。

日露戦争以後の日本陸軍は歴史的に北方のソ連に対する防衛を目的として構築されて、満州の関東軍は陸軍最強の精鋭部隊を配置していた。しかし近衛内閣では方針を一転して、満州事

変以後は南方にその主力軍の矛先《ほこさき》を向け始めた。満州事変、上海事変、南京攻略を手始めとして仏印やビルマなどの東南アジア諸国への侵略をしていった。この日本の南進政策への方針転換によって、ソ連は極東に展開していた精鋭軍を西の欧州戦線へ振り向け、対ドイツ戦線に全力を投入することができたのだ。

この南進政策への変更は御前会議で承認されて、この情報が近衛内閣のブレーンであった西園寺公一から尾崎秀実、ゾルゲを通じてソビエトのスターリンに、密かに通報をされたというのが真相だったという。

ゾルゲ事件の主役だった西園寺公一は懲役一年六ヶ月、執行猶予二年でほとんど罪に問われていない。死刑になったゾルゲや尾崎秀実、そして重罪に処せられた関係者は何も知らされずに利用されたのだ。

ようやく八十八歳を越していた林俊夫氏が栗林英一との多くの書簡を交換して、そこに日本という国家のおぞましい姿を書き綴《つづ》った動機は、このやり場のない怒りにあったのだろう。自分では書けなかったそれが英一によって書かれることを期待していたのだろう。

それを促《うなが》したのは癌に侵されながら、必死で戦争を告発しようとしていた栗林英一の執念にあったのだ。

彼の上海時代がモデルとされる元夫人の林京子の書いた『予定時間』は、八十四歳の主人公の独白に基づいた小説になっている。ここにはこの不可解な日本国の戦争に対する彼の不審や疑問も書かれているが、堀田善衛に敗戦時に吐露《とろ》したような彼の激しい心底からの怒りは除かれていて、総じて叙情的な作品になっている。戦後四十三年経っても、匿名《とくめい》小説でしかなく、なおかつ彼が敗戦時に叫んだような激しい怒りは書かれていない。一九九八年に出版されたものだから、その時期は栗林英一と頻繁に書簡をやりとりして、そこに上海での日本国家のいかがわしい秘密を書いて送り出した少し前に当たる。林氏は『予定時間』や栗林英一宛に真実を語ろうとしたのかもしれない。その中にこんな文章がある。

昭和七年（一九三二年）の新兵事件。昭和十一年（一九三六年）の私が二十七歳の年、二・二六事件。「世相を憂《うれ》えた不条理に対する若き兵達の怒りの反乱」新聞紙面に見た文字どおりに、

私は同年代の将兵達の行動を理解した。

だから彼らの心情に、私は好意的だった。両者とも目的は失敗に終わって、二・二六事件の若い兵達は、反乱軍として対ソ防衛のために満州に派遣された。説明するまでもない歴史である。

これを機にして、満州開拓団の募集が始まる。日本人農民には天国であるが、その地にいて大地を耕していた満州人達は、よそへ追われることになる。

日本国内にいて抱いていた新兵事件や二・二六事件に対する昭和初期の日本陸軍の青年将校達の、世相を憂《うれ》える思想や彼らに対する私の好意は、従軍し、戦場を逃げ惑う難民達を目の前にしたとき、消えてしまった。日本の国益と軍の特権が優先する政策がとられて、異質の行動にすり替えられていたからである。


しかし林氏と同じように敗戦後に上海に残って中国国民党宣伝部対日文化工作委員会に属して、日本に対する宣撫《せんぶ》工作を担当した堀田善衛の作品『上海にて』には彼の激しい怒りがもっと直接的に書かれていた。

八月十五日に、百度にも近い暑さの只中で、天皇の放送を聞いた。これまで日本側に協力してくれた中国人諸氏の運命を、痛いものが突き刺さり込んできたような気持ちで気遣っていた。彼らが一体どうなるのか。乱世経験では日本人とは比べ物にならぬ人々であるから、彼らなりの覚悟と準備があったかもしれぬ。

だから私は、天皇が、一体アジア全領域における日本への協力者の運命について何をいうのか、なんと挨拶するのか、私はひたすらそればかりを注意して聞いていた。それは「終戦勅語」と言われているものの、まことに奇妙な聞き方というものであったかもしれない。そしてそういう聞き方をした日本人というものは。あるいはそう多くなかったかもしれない。

しかし、あの時天皇はなんと挨拶したか。負けたとも降伏したとも言わぬと言うのも、そもそも不審であったが、これらの協力者に対して、遺憾ノ意ヲ表セザルヲ得ズ、と言う、この曖昧な二重否定、それっきりであった。

その余は、おれが、おれが、おのれの忠良なる臣民が、それが可愛い、と言うだけのことである。その薄情さ加減、エゴイズム、それが若い私の軀にこたえた。

放送が終わると、私はあらわに、なんと言うやつだ、なんと言う挨拶だ、お前の言うことはそれっきりか、それでことが済むと思っているのか、と言う、怒りとも悲しみともなんともつかぬものに身が震えた。（中略）

私は聴き終わって、これでは日本人が可哀想だ、と言うふうに思った。なぜ可哀想か。天皇のこんなふうな代表挨拶では、協力してくれた中国人その他の諸国の人々に対して、たとえそれがどんな人物であれ、またどんな動機目的で日本側に近づいてきたものにせよ、日本人の代表挨拶がこれでは相対することも出来やしないではないか。

それはともあれ、国家、政治と言うもののエゴイズムをはっきりと教えてくれはした。

堀田善衛は対日工作委員会の仕事として、上海の大学で講演をすることになったという。戦争が終わって中国各地から乞食と間違えるような姿の学生が会場いっぱいに集まっていて、彼らは講演する堀田善衛を睨みつけるようにして聞いていた。堀田善衛は日本国憲法やポツダム宣言を多くの資料をもとに解説をしていた。話し終わると一人の学生が噛みつくような激しい質問をした。

「貴方方日本の知識人は、あの天皇というものをどうしようと思っているのか？」

学生は黄色い歯をむき出しにして、本当に噛みつき切りつけんばかりに憎悪が現れていた。たとえ噛み付くようであっても、そういう無理難題を出して私をいじめてやろうという下心は、全くないということを私はわからされていた。質問自体は天皇制をどう思うか、などということではなくて、より積極的に『どうしようと思っているのか』というのである堀田善衛はほとほと困ったと書いている。日本国憲法の天皇は象徴になっているが、外部から見れば明らかに日本国の元首であった。

十四　敗戦後の日本の言論統制

この堀田善衛と林俊夫との違いはなんだろう。

堀田善衛は帰国後小説家への道を歩んで多くの作品を書いている。特に上海の体験の基づく『上海にて』『堀田善衛上海日記』『国なき人々』『南京事件』など、多くの戦争を告発した作品を書いている。『広場の孤独』で芥川賞を受賞、そのほかに毎日出版文化賞、大佛次郎賞、朝日賞などを受賞して作家としての大きな地歩を築いている。

しかし林俊夫氏は前にも書いたように、戦後の自由民主党の生みの親になった緒方竹虎の秘書をしていた。ＣＩＡとの関係も深かった。それゆえに堀田氏のようなあからさまな戦争告発ができる立場ではなかった。

戦後の日本は自由で民主的な国家になったと多くの人は思っているが、実はＧＨＱの厳しい言論統制下に置かれていた。

江藤淳氏の著作『閉された言語空間　占領軍の検閲《けんえつ》と戦後日本』（文春文庫）にその実態が詳細に記されている。洗脳のツールは新聞、ラジオ、テレビ、書籍、教育である。その業界に対するプレスコードという厳しい三十項目の禁止事項が密かに配布された。以下はその内容である。

・SCAP（連合国軍最高司令官もしくは総司令部）に対する批判
・極東国際軍事裁判批判
・GHQが日本国憲法を起草したことに対する批判
・検閲制度への言及
・アメリカ合衆国への批判
・ロシア（ソ連邦）への批判
・英国への批判
・朝鮮人への批判

・中国への批判
・その他の連合国への批判
・連合国一般への批判（国を特定しなくとも）
・満州における日本人取り扱いについての批判
・連合国の戦前の政策に対する批判
・第三次世界大戦への言及
・冷戦に関する言及
・戦争擁護の宣伝
・神国日本の宣伝
・軍国主義の宣伝
・ナショナリズムの宣伝
・大東亜共栄圏の宣伝
・その他の宣伝

・戦争犯罪人の正当化および擁護
・占領軍兵士と日本女性との交渉
・闇市の状況
・占領軍軍隊に対する批判
・飢餓の誇張
・暴力と不穏の行動の煽動
・虚偽の報道
・ＧＨＱまたは地方軍政部に対する不適切な言及
・解禁されていない報道の公表

この禁止項目で傍線の部分に注目してほしい。ＧＨＱが日本国憲法を起草したことへの批判、さらに検閲制度への言及と第三次世界大戦への言及、そして冷戦への言及、ＧＨＱに対する不適切な言及である。

日本国憲法は占領下に米軍が作って日本に与えたものであるのは、疑う余地はない。日本人をコントロールするために、便利な天皇を象徴として元首あつかいにして、そして無力化するために憲法九条を制定した。それを批判してはいけないというのが冒頭の項目だった。

そして、そのあとの項目のほとんどは宣伝、擁護、批判、煽動、公表をしてはいけないとなっているが、先に書いた四項目だけは言及することすら禁じている。

特に初めのこの検閲制度は徹底的に秘匿《ひとく》されたという。このプレスコードに抵触《ていしょく》して新聞各社や出版社は何度も発刊禁止、回収廃棄を命じられている。しかも主だった人物の私信《ししん》も開封されて検閲されていたらしい。

当時、ＧＨＱの下で言論の検閲に従事した日本人は常時約四千人いたという。しかもほとんどの日本人が預金封鎖で月額五百円以上は銀行から金をおろせなかった時に、彼らには千円以上の月給が支払われていた。しかもその実体は極秘にされて、どういう人たちがそこに従事していたかは全く秘密になっていた。検閲制度は言及すらしてはいけないとなっている。

検閲に従事していた日本人は戦後日本がサンフランシスコ講和条約によって独立した後の、

日本社会の指導的地位に就いたと言われている。新聞社、出版社、大学教授、評論家などである。しかしその人たちがどういう人たちなのか、今もって全く知られていない。

もう一つ言及するなと書かれているのは、十四項目の「第三次世界大戦への言及」である。これは阿片と戦争で金儲けをして世界を牛耳っている死の商人ロスチャイルド（ロックフェラー）の次の戦争計画が、すでに出来上がっていたことを示している。そのあとは「冷戦への言及」である。その後の世界はそこに書かれているように長期間にわたる東西冷戦の時代になっていったのだ。

彼らの恐ろしい策略の一端がここに垣間見えている。

敗戦になって鈴木貫太郎内閣は総辞職をして、敗戦処理内閣として皇族の陸軍大将東久邇宮稔彦王が内閣を組織した。東久邇内閣は国民に対し「承詔必謹《しょうしょうひつきん》」と「国体護持」を説き，天皇制支配の維持に努めるとともに，「一億総懺悔《ざんげ》」を主張した。

このもっともらしい言葉をわかりやすく言い換えれば、「承詔必謹《しょうしょうひつきん》」は天皇陛下の言うことをよく聞き、「国体護持」は天皇陛下の特権的身分を守り、「一億総懺悔《ざんげ》」は全ての日本人が等しく戦争責任を反省しなさい、というのである。

当時の新聞やラジオや月刊誌などではこの「一億総懺悔《ざんげ》」が連日報道されて、日本中の誰もが何かあると一億総懺悔《ざんげ》という風潮であった。しかし、権力の中枢にいて戦争を指導する立場の人と、赤紙一枚で否応《いやおう》無く戦場に駆り立てられて行った国民が同じ責任であろうはずはない。

最も重い責任があるのは、神聖にして侵すべからずとされていた天皇陛下である。その命令のもとで多くの将兵は玉砕《ぎょくさい》し特攻をして、死んでいったのだ。アジア諸国の犠牲者は数千万人と言われている。天皇陛下こそがもっとも重い責任があり、そしてその周辺の皇族がそれに次いで重い責任があるはずだ。

その天皇陛下のいうことをよく聞いて、その特権的身分を守り、全ての人は戦争の責任を負いなさいと東久邇内閣が主張したのだ。おおよそ、滑稽とも言えるものだった。しかし私たち日本人はほとんど何の疑いもなく一億総懺悔《ざんげ》をしたのだった。

韓国のオモニが栗林氏に言った
「日本という国は明治維新からみんな間違っている」

という証《あかし》がここにもあった。

サンフランシスコ講和条約が締結されて、日本は国連に加盟をして独立をしたが、その後も変わらずこの言論統制は密かに続いているという。

英一もその戦後の日本の実態に気付いていて、その息苦しさを嘆いている文章がある。江藤淳の著作も読んでおり、それを論評している。その中で、今は自由があるようで目に見えないところで真綿で首を絞められるように、多くの様々な制約やタブーのなかで息がつまるような気がしている。むしろ戦前の方がよかったのではないかという感想までを述べていた。

日本も世界も実に変わりました。戦前の治安維持法よりもっと幅広い統制が密かに敷かれている模様で、反権力の全てに網が張り巡らされているのが現状のようです。

家内と一緒に笑ったのですが、あの沈没した水産高校の実習船「えひめ丸」事件に対して、大変な怒りを持ってアメリカ大使館に抗議したのは、反米右翼の一水会だけだったようです。何も言わない愚鈍《ぐどん》な大衆はきっと今に始まったことではなく、遠く明治維新にまで端を発してい

るのではないかと思います。

二〇〇一年にハワイ沖で実習をしていた宇和島水産高校のえひめ丸は、突如浮上してきたアメリカの原子力潜水艦に衝突されて沈没した。この米国原子力潜水艦には、アメリカの民間人十六人が乗っていて、彼らを喜ばすために急浮上を繰り返していた。さしずめディズニー・シーだったのだ。そのためにソナーでの確認をおろそかにして急浮上をしたところ、真上にいたえひめ丸に下から衝突をした。えひめ丸は船体中央部に亀裂が入り水深六百メートルの海底に沈没した。乗組員と高校生が九人死亡、十一人が負傷をした。二十二名は海に放り出されて助かった。

アメリカ海軍の救助作業はおざなりで、その原因追求も不徹底であった。船体の引き上げは不可能で八人の遺体はそのままにして捜索は中止するという米軍の方針に対して、日本側の家族の要求でようやく捜索の継続と船体の引き上げを行い、八人の遺体の収容がなされた。米軍の原潜の艦長はアメリカの軍法会議にかけられることなく、減俸だけの処分であった。

この事件に対する日本政府の対応は、アメリカ側を擁護するような態度に終始した。そして事故の第一報をゴルフ場で聞いた森首相はそのままゴルフを継続して、すぐには何の対応もせず、世論の猛反発を受けて退陣することになった。

この時アメリカ大使館に対する抗議デモをしたのは、一水会だけであり、他の右翼は全く動かなかったのだ。日本の右翼はほとんどが親米であって、密かに財政的な支援を米国から受けていることを栗林夫妻は良く知っていた。

十五　「遠来の暴徒」「強盗の末路」

栗林英一は二十年にわたり、日本の戦争の実態を探るために、多くの戦友や友人の戦争体験を悲壮な覚悟で探し歩いていた。そしてその多くの体験記や手記を集めながら、それを前にして彼を悩ますものが多かった。

志願し徴兵された若い兵士たちは日本国家や父母や家族のため、あるいは天皇陛下のためと信じて遥か彼方にまで出兵して命を懸けて戦った。彼らにとってそれは疑いのないものであったろう。たとえ英一たちのようにそれを疑ったとしても、逃れ難い運命であったし、かえって耐え難い苦痛をもたらすものであった。事実英一は召集されて教育入隊以来、生意気であると繰り返し殴られ制裁を受けて危険な最前線に送られたりした。

客観的に見ればどう言い訳をしても、六百万人もの軍隊を外国に送り込んで、その国土を切り取り新たな傀儡《かいらい》国家を作り、他国の奥深く軍事侵攻するその正当性を主張するのは難しい。その上に多くの兵士たちの中には、現地での略奪、強姦、そして不要な虐殺に耽《ふけ》るものたちが数多くいたことが次第に分かってきて、それが彼を悩ましていた。だから中国の新聞に「遠来の暴徒」「強盗の末路」と書かれるのだ。

それを語った林俊夫氏の書簡に戻ろう。

私が第一回の上海特派員になって赴任《ふにん》した時に、朝日新聞社の上海総局に橋本登美三郎という次長がいた。この人は日本軍の南京攻略戦の従軍記者として十五人の特派員とともに南京一番乗りをして有名になった。その後南京支局長になっていた。その頃に虐殺の噂があったので私はその話を彼から聞こうとして、何回も取材を試みたが彼は私の目的を察したのか、多忙を理由に逃げ回り一回も成功しなかった。

彼は敗戦後、地元の茨城県の選挙区から衆議院に立候補して当選して、自民党の代議士になった。岸内閣の日米安保条約改定の時には、反対する左翼の大デモが予測されて、右翼の支援団体と警察だけではデモ隊を抑えられないというので、あの児玉誉士夫の指揮のもとで橋本は、暴力団の親分衆の協力を取り付けのために働いた人だった。その結果数万人のヤクザとテキ屋が動員されそこに多額の資金が供与されたという。その後佐藤内閣での内閣官房長官、建設大臣、党総務会長、運輸大臣を歴任した。

私は彼の東京の自宅に伺ったことがあったが、庭に猛犬を二匹も飼って放し飼いにして、暴漢に襲われないようにしていたのが印象的だった。

また部下の若い記者が、日本の軍曹が戦闘中に川の中の中国兵を二十七人殺した記事を書いて持ってきた。私はこの記事は信用ができないとボツにしたのだが、他の新聞社がこれを載せているのに、我が社はなんでこれを載せないのか、と怒られてしまった。これは日本軍が発表したものであった。しかし私は平時に中国人を虐殺するのは見たことがなかった。一度だけ、日本兵が犯そうとして中国人の女の上にまたがっていたが、それを見ていた夫がその兵の刀を抜いて日本兵を斬り殺した光景を目撃した。

中国の都市は巨大な城壁に囲まれていて、南京ではその中に二十万人以上の中国人が住んでいる。その城壁を砲撃して崩そうとすれば数万人の犠牲者はどうしても出てしまう。その死体を川に流すのは隠蔽《いんぺい》するためではなく、手っ取り早い方法であった。市街戦になれば住民と兵士を区別するのは難しい。いざ戦闘になればそんな区別は不可能だ。

私は新刀の試し切りを頼まれたこともあったが断った。戦闘中ならいざ知らず、なんの理由もなく人を殺すのは理不尽で嫌だった。しかし、日本軍の兵隊の質の問題もあったようだ。刑務所に収監されている犯罪者や取り調べ中のものをすぐに徴兵をして戦地に送っていた。手間も金もかからないと言う理由で。彼らは中国女の前を通る時に一物を見せるということもあった。

南京攻略戦で日本軍が中国人を虐殺したといういわゆる南京虐殺が問題になっている。この虐殺があったのかなかったのか、虐殺したのは何十万人だったのか、と政治問題になっている。中国側は三十万人が虐殺されたといい、日本側は攻城戦や市街戦で犠牲者はあったが、戦闘で数万人の犠牲者が出ただけだと主張して、論争になっている。

自らの犯した罪は過小評価して相手の犯したそれは過大に言いふらすのは、今も昔も洋の東西にも関わらず同じである。

規模やその方法の違いがあるだけで、戦争にはこうしたことは必ず付いて回るのである。

南京虐殺の証言者の記録を英一はまた一つ見つけている。京都出身の元陸軍兵士の東史郎が一九八七年に戦時中の従軍日記を元に書いた『一召《いちしょう》集兵の体験した南京大虐殺　わが南京プラトーン』（青木書店）を出版した。

その中には、「支那人を袋に入れた上に、袋を蹴り、ガソリンをかけて火をつけた。最後は手榴弾結びつけて沼に沈め、水中で爆発させた」などと、その残虐な様子が具体的に書かれていた。この本の出版は多くの波紋を呼び起こした。その一つは右翼と言われる人たちからで、日本軍は規律正しい正義の戦いをしたからそんな事実はなく、著者は反日分子が誇張した話を捏造《ねつぞう》しているという、よくある短絡した感情的な批判だった。

そして他方は実名でその残虐行為を書かれた兵士からの名誉毀損《きそん》の訴えであった。東京高裁で争われて、一審の判決が下りた。「原告が残虐行為をしたという記述には客観性がない」という理由で、原告の主張の一部を認めて五十万円の賠償の支払いを命じた。

この判決を受けて被告は「具体的で詳細な当時の日記の客観性を認めずに、虐殺の真実に背を向けた不当な判決だ」と上告をしたという。二審も原告の勝訴だったという。

一方で思わぬ反応もあった。同じくこの南京攻略戦に従軍した福知山二十連隊の機関銃中隊分隊長だった元兵士が、この東史郎の新聞記事を読んでその勇気に強く感銘を受けて、自分も南京での体験を公開したのだ。

この中の日記に、南京陥落《かんらく》直後のことが書かれている。

「塹壕《ざんごう》内に敗残兵がいてみんなで引っ張り出して殺す。あまりに残酷な殺し方をしようとするので、見るに絶えず僕が銃殺しようとするが、みんなが承知しない。戦友が無残な殺され方をしたので、ただの殺し方では虫が治らないという。敗残兵は少しの抵抗もせず、ここを撃ってくれと喉《のど》を示して哀願するのを寄ってたかって虐殺する」

などと書かれている。

「八百名ほどの敵兵を武装解除した。一人残らず殺すらしい」

「漢中門を出たところものすごい死人の山である。五百は超えるであろう」

などの悲惨な記述が並んでいる。

これを公開した著者は病気で入院中に取材を受けて答えている。

「自分のこの体験に後ろめたさを感じて、一生隠し通したいと思っていた。東さんらの新聞記事を看護の人から読んでもらい、その勇気に感銘を受けて、自分も公開する決心をした。健康になったらもっと多くの事実を描きたいのだが、まずは陣中日記を明らかにして最後の社会奉仕としたい。二度とこんな戦争を起こしてはならない」と話している。

英一が秋田で召集された時、陸軍第十七連隊に配属された。そこで初年兵たちは奇数と偶数の番号をつけられて二組に分けられた。一方は英一達で北千島の防衛に行き、他方は南方の戦線に送られたと前に書いた。

この南方に送られた初年兵たちはルソン島の防衛作戦に従事して、やがて現地人の激しいゲリラ作戦に直面をしたという。抗日ゲリラは密かにアメリカからの支援を受けていたのだ。秋田連隊は苦戦の末に徹底した掃討《そうとう》作戦に踏み切り、ゲリラに協力した現地住民を女子供の見境なく殺したと言う。ベトナムのソンミ虐殺のような事件を起こしていた。その犠牲者は米軍の発表によれば九万人に登ったと言う。

そしてその結果として秋田連隊は現地住民の憎しみを受けてますます窮地に追い込まれた。やがて圧倒的な米軍が上陸、敗戦して山中に逃げ込んで飢餓とマラリヤに苦しみ、人肉食までして大部分が戦死をしたという。

この事実を知って英一は衝撃を受けた。郷里の秋田の職場の後輩で軍隊でも一緒だった優しい丸山がここにいたかもしれない。彼は私が秋田で働いていた時の職場の後輩だった。素直で私によく懐《なつ》いていた。あの優しい丸山は南方に送られて戦死した。もしここへ配属されていたのならば原住民を虐殺していただろう。そして飢えて人肉食をしたかもしれなかった。この予想がいつまでも彼を悩ましたのだった。

日露戦争の時に旅順でも日本軍の虐殺事件があったことが発見された。それをやったのも秋田の部隊であった。英一は穏《おだ》やかで素朴であった秋田の農村出身の人たちが、どうしてこんなことをしたんだろうと考え、毎晩眠れない夜を過ごしていた。それらが作品を書くこうとする英一の意欲を奪っていた。

満州の撫順でも、日本が満州国を承認した翌日、炭鉱では中国人による抗日ゲリラが発生して日本人を襲って五人の犠牲者が出た。関東軍はこのゲリラ掃討《そうとう》作戦をすぐに開始し、近くの平頂山の部落を捜索して、その村が抗日ゲリラと関係をしていたというくつかの証拠を発見した。そしてその部落の住民数百人をほとんど皆殺しにして、死体を穴に埋めた。

それを実行した関東軍の部隊名は明らかだったが、その部隊は敗戦直後に多くの民間の日本人を放り出して真っ先に帰国していた。撫順に取り残されていた炭鉱関係者が中国軍に逮捕されて裁判にかけられ、炭鉱の所長以下七人の日本人が死刑になった。しかしほとんどの人たちがその虐殺には関与していなかったという。

罪のある将官や左官などの特権階級は逃れて、罪のない兵士や民間人が常に犠牲になる日本の悪しき例がここにもあった。

この撫順炭鉱は日満高校の同級生であった白系ロシア人のビーカーとその父親が勤めていたところだった。彼らはこうした戦闘と敗戦後のソ連兵の侵入で大混乱に巻き込まれただろう。中国人に襲われていたかもしれない。敗戦前に憲兵に捕まって七三一部隊に送られてマルタにされたかもしれなかった。あの一家はどうしただろうと思うと、胸が締め付けられて苦しかった。

英一の秋田時代の同級生がいた。同級生名簿を辿《たど》っていくうちに、彼は横浜に住んでいることがわかり、何度か戦地での話を聞いた。

彼は満州の関東軍に召集されていたが、敗戦になって武装解除されてソ連軍の捕虜になった。多くの日本兵とともに行く先もわからない貨車に乗せられた。ソ連兵は「ダモイ、ダモイ」という。最初はみんな帰国できると思っていた。すると貨車は北へ北へと進んでいく。そのうちに兵士の間に「シベリヤに連れて行かれて殺される」という噂が広がったという。彼は真夜中に列車から飛び降りて逃亡を決行した。ソ連兵に激しく銃撃されたが、闇に紛れてそこからの逃亡に成功をしたという。

それからは言語に絶する苦難の道だった。銃剣や弾薬を手に入れ、中国人を襲って何人も斬り殺し、食料を奪って必死に逃走をしたという。途中で日本人の開拓農民と合流をして彼らを助けて逃避行をした。満州を次第に南下し、数千キロの逃亡の末に、命からがら日本に渡ってきたのだという。

その彼の語った武勇伝は、これまで家族にも誰にも語ったことのないすさまじいものだったという。英一はその彼の話を聞いてつくづく嫌になって、これは私には書けないと思ったという。

英一はこうした日本兵の犯した虐殺事件の記録を調べ尽くして、そのあまりにも多くの事実に戸惑い心を痛めていた。これが戦争の実態だということを知ってはいるが、その度に苦しみ悩んでいた。そして心の奥底に疼《うず》いている傷が赤い鮮血を吹いて、その中で彼はのたうち回っていた。素朴で善良な優しい人々が、その残酷な現実に巻き込まれて、次第に我を忘れて野獣のように変身をする。

その現実に抵抗をする術を持たない兵士たちは、そうすることでしか生きていけなかった。多少の正義感を持っても、それはあまりにも無力で、かえって自らの存在を危うくするだけであった。

北千島の占守島の激烈な戦闘の中で英一の仲間の多くの兵士が次々に倒れていった。極寒のシベリヤでの四年にも及ぶ過酷な生活は、自分の青春時代の全ての可能性を奪い去った。そのあまりにも重い巨大な戦争という現実の前で、彼はいつも苦悩してのたうち回っていた。

しかし、彼は引き下がるわけにはいかなかった。繰り返される悲惨な戦争は、どこの国にあっても、もっとも底辺の貧しい人々を傷つけ狂わせ、殺してしまう結果になった。どんな戦争でも、貧しい人々が犠牲になって一層貧しくなり、一握りの支配者や特権階級だけを太らせる。そしてこれは日本だけの問題ではなかった。敵国でも同じであった。

その理不尽な戦争を総括して、本当の罪ある者を明らかにして告発し、罪のあるものを罰っしなければ、日本の未来はないと、心から思っていた。

彼の心の傷は深かった。特に心優しい戦友や友達がこの残酷な戦争の中に巻き込まれて、どうなったのか、それがいつも心にあってその行く末を必死で訪ねて歩いた。

十六　なぜ祖国日本を捨てようとしたか

彼のこの戦争でのもう一つの大きなテーマは、シベリヤの捕虜収容所でロシアに帰化して残らないかという誘いを受けて、「日本を捨ててロシアに帰化する」という決断をしたということであった。多くの書簡の中に繰り返しそのことを書いている。その決意は当時のノートに明確に書いたという。その翌日に、彼の所属する部隊は全員ウラジオストクに移動する命令を受け、やがて帰国することになった。その事実はその後の彼の心の中に長い間わだかまりになって残っていた。どうしてロシアに残ろうとしたのかという疑問に彼は直接答えてはいない。多くの書簡からその理由のおおよその推測はできる。しかし今ここではそれには触れない。

彼が戦争記録を調査していく中で、もっとも大きな関心を寄せたことがある。それが間接的な答えになるかもしれない。

戦場に残された日本兵の話であった。敗戦後五十三年後の一九九八年の朝日新聞にシベリヤに残って暮らしていた日本兵の記事があった。その記事を切り抜いて三枚のコピーとともに大切にファイルに保管していた。その記事を以下に転載する。

シベリヤに残された八十四歳

東京に住む写真家の橋口譲治さんは、あの戦争で海外に行き、戦後もそこで暮らす日本人を訪ね歩いている。イルクーツクからシベリヤ鉄道で十四時間以上のカンスクの街で一人の日本人の消息を掴んだ。その中に故郷を失った「無国籍」の老人がいた。

地元の救急病院の看護婦長が「数年前に日本人らしい行き倒れがいた」と教えてくれた。名前は「藤本芳春」さん。八十四歳だという。雪の中に倒れていたのを警察が見つけ、病院に運び込んだらしい。凍傷で手の指を八本切断。すでに退院していて、帰宅先の住所が残されていた。それを頼り西へ三五キロのクラリスノクリシュ村を訪ねた。

日本人の突然の訪問にベッドで寝ていた藤本さんは、まばたきもせずに見つめた。耳が遠いようだ。梅干しを差し出すと、不自由な指で摘もうとする。手のひらに乗せるとすぐに食べ、種を上手に出した。熱い日本茶を三口で飲み干す。

「よしお、ゆきお、しげる」

思いがけず、日本語が飛び出した。

「兄弟の名前ですか」

と橋口さんが聞くと、こっくりと頷く。続けて、両親らしい名前を言った。

「ますたか、むめ」

ロシアの身分証明書には、「無国籍」と記され、出身が「タカチケン」と書かれている。「高知県」とも読めるがはっきりしない。

藤本さんは東京千駄木生まれといい、名古屋、大阪の地名も口にした。住所は答えられなかったが、上官の名前は「山田ひさお、山下少尉、なかお、中村少佐」をあげる。南京、サハリンと転戦し、ロシア語で「自分は軍曹」と付け加えた。シベリヤの収容所で車庫を作る仕事をした後、羊飼いなどをして働いた。三十年一緒に暮らす妻がいるが、無国籍なので正式な結婚ではないという。

妻の連れ子と実子の二人の娘がいる。近くで働いている連れ子に当たるナージャさんは「父の家は工場をしていたらしい。『東京はいいところだ』と言っていた。戦後捕虜になったので、銃殺されると思って帰国を諦めた。その後、父は日本に帰りたいと手紙をたくさん書いたが、ダメだった」と語った。

行き倒れになったのは、実子を訪ねてバスに乗った後、行方不明になったのだという。

「藤本さんはロシア人になりきれていなかった。写真を撮らせてもらって、おしまいにしてはいけないと思った。もし心当たりの人が日本にいるのならば、なんとか連絡をつけたい」せめて補聴器を送れないかと橋口さんは思っている。

英一はこの新聞記事を読んだ感想を林氏宛の書簡に書いている。

朝日の載ったこの記事を読んで衝撃を受け、私は涙を抑えきれなかった。日本人ジャーナリストがハバロフスクを訪れて、シベリヤの捕虜たちの情報を聞こうとするのですが、それを聞きつけて飛行場には多くの日本人らしき人々が集まるらしい。ネクタイをした紳士、ホームレス、乞食のような人たちで、聞いても名前は決して名乗らず、何人かの人は「荷物だけでも運ばせてくれ」と言ってホテルまで一緒に付いて来るそうです。今でもおそらく万を越すこうした日本人の棄民《きみん》がここにいるのです。彼らと私はなんの違いもないのです。

このカメラマンの歴史を問い直す鋭敏な感覚は百万語を費やす文章に替えて、こうした一枚の鋭い写真を投げかけます。キャプションには「昭和の棄民《きみん》たち！」とでもするのでしょう。この戦争はこんな人たちをアジア全域に置き去りにしたのです。

東南アジアの旅行をした時に、現地に残されていて日本人観光客と見ると近づいてきて軍歌を歌って物乞いをする歳をとった日本人に遭遇して、これにも激しく反応をしている。『ビルマの竪琴』の物語についてもそうだ。彼はやはりこの話にもひどく感情的に揺さぶられて止め処なく涙を流してはいるが、美化しすぎた嘘《うそ》があると強く否定をしている。日本兵士がそこで亡くなった戦友の霊を弔うために僧侶となって現地に残るという話だ。その物語にはあの悲惨なインパール作戦に一言も触れていないのだ。

ビルマ戦線は日本軍のもっとも無謀な作戦と言われたインパール作戦が行われたところである。

昭和十九年（一九四四年）に旧英領のビルマを占領していた日本軍は、西の国境のインド領のインパールにイギリス軍が反撃のために集結しているのを知る。

大本営とビルマ方面軍の司令官であった牟田口廉也中将はそのインパール攻略作戦を計画した。ビルマから奥深い山岳地帯を横断して英軍の終結するインパールまでは、ほとんどが道のないジャングルや標高二千メートルを超す山岳地帯であった。十万人の攻撃軍の兵器や食料を運んでの行軍は困難であり、当時の日本軍は太平洋でアメリカとの戦闘で敗北して、すでに制空権を奪われており空からの補給ができなかった。そのためビルマ方面軍師団の中将たちもその作戦に反対した。しかし司令官の牟田口廉也中将はその反対に耳を貸さず、作戦を強行する命令を下した。

食料や兵器は現地でに調達した牛で運搬をすることにして、いざとなればその牛を食料にする計画だった。航空機が手配できれば、食料や弾薬を空輸することを約束していた。

しかし川や湿地帯でその牛の運搬は困難を極め、イギリス空軍の機銃掃射で大混乱になって早々に頓挫した。結局、食料や重い兵器を兵士たちが担いで運ぶしかなかった。

マラリヤが蔓延《はびこ》るジャングルや山岳地帯を、ようやく越えてインパールについた日本軍は疲弊《ひへい》していた。食料や弾薬が不足したうえに、多くの兵士がマラリヤに倒れて苦しみ、物量共に豊富なイギリス軍に次第に圧迫された。

この時日本軍では過去に例のない事件が発生した。第三十一師団の佐藤中将はインパールの北のコヒマを攻略して、敵の補給路を断つ作戦に当たっていた。しかし途中の補給の約束が守られず、現地では弾薬が尽き食料もなくなり、負傷兵が続出して悲惨な状況に置かれた将兵を見るに見かねた。撤退をビルマの牟田口司令官になんども要請して拒否される。しかしあまりの兵士たちの窮状《きゅうじょう》を見るに見かねて、独断でコヒマからの撤退命令を下したのだ。

日本軍はほとんど壊滅状態になってビルマに向かって退却を開始する。飢えとマラリヤで疲弊《ひへい》した将兵は、イギリス軍に追撃されて甚大《じんだい》な死者を出した。ビルマへ向かうジャングルの道は、累々《るいるい》と日本兵の死体が転がり、後続の兵士はそれを頼りに逃げて帰ったという。いわゆる骸骨《がいこつ》街道である。日本軍の戦死者は七万人にもなった。

この作戦は戦争の歴史の中でも最も無謀な作戦として有名になったが、佐藤中将が牟田口司令官の命令に逆らって、独断で撤退したことで知られている。抗命《こうめい》は銃殺刑である。佐藤中将は銃殺を覚悟しており、軍法会議で上層部の責任を訊《と》う決意であった。

しかしビルマに帰還して佐藤中将は解任されたが、軍法会議にはかけられなかった。司令部の牟田口中将やその命令を承認した陸軍参謀達の責任が暴かれるのを恐れたのだった。天皇直属の大本営がその作戦を認可していたのは自明のことだった。

柳条湖事件、盧溝橋事件、仏印作戦、インパール作戦などを改めて調べて見た。軍部の暴走と言われるこれらの中心で活躍した石原莞爾《かんじ》、牟田口廉也、辻政信、についてなかなか面白いことがわかった。

この三人には奇妙な共通項があった。陸軍参謀出身のエリートであったこと。そして独断指揮をする異端児で満州事変の中心人物。その中で佐官から将官にまで特進する。そして無謀な作戦を命令を出して多くの兵士を殺しながら、敗戦後も生き延びて戦犯にもならなかった。

つまり満州事変から日中戦争の中心で暴走したと言われた人物達だ。柳条湖事件では牟田口中佐は政府の戦争不拡大の方針に逆らって独断で反撃して戦火が拡大するきっかけを作った。その責任を問われて田中義一内閣は総辞職をしている。

柳条湖事件、インパール作戦で独断で無謀な作戦を指揮した牟田口廉也がどうして戦犯に問われずに戦後もぬくぬくと生きていたのか？

ましてや、皇居の地下にある大本営の作戦本部で、昭和天皇が細部に渡り作戦指揮をしていたという証言がいくつもある。天皇や大本営の命令は絶対であった時代だ。

「天皇の承認なくては一兵足りとも動かせなかった」

という多くの現地指揮官の証言もある。

前にも書いたが二・二六の青年将校達の決起趣意書《しゅい》はこれまで聞かされていたこととは正反対で、「無謀な戦争は止めろ」という趣旨であったという。それを強硬に弾圧して銃殺刑に処したのは昭和天皇だった。太田龍や鬼塚英昭の著書にその経緯が詳しく書かれている。

この三人の背後に昭和天皇や大本営の指示があったのではないかと考えると辻褄《つじつま》がよく合う。多くの将兵を犠牲にしても天皇の命令ならば、責任を感じない。また敗戦後、彼らが天皇とともに戦争責任を免れたのも納得できる。

インパール作戦の生還した将兵の手記を読むと、その作戦の無謀さ、悲惨さがよくわかる。一兵卒は虫けらのように扱われて大量に戦死するが、それを命令した上層部は何の責任も取らず、敗戦後もぬくぬくとその特権の上に裕福な生活をしている。

日本国の闇がそこにある。

英一はちょうど三十年前の初めての海外旅行が香港とマカオであったという。ルプレザンテ社が順調で彼も元気な時だった。その時マカオのセントポール寺院を訪れている。

この天主堂はポルトガルのイエズス会士たちによって一六〇〇年ごろ建立されたもので当時のアジア最大の教会だった。一度焼失したが一部の建造物は、キリシタン禁教令で祖国を追われた日本人のキリスト教徒たちの手で再建され、そこには日本人殉教者やイエズス会のマカオのアレッサンドロ・ヴァリニャーノ神父の遺骨があった。

英一はその祖国を追われた日本人殉教者に我が身を重ねて、遙か四百年の彼方に想いを馳せて立ちすくんでいた。すると、その聖堂の階段の下からこちらに向かって一人の乞食老人が登ってくるのに気づいた。日本人のようであった。小さいしわがれた声で歌っていた。

国を出てから幾月ぞ
ともに死ぬ気でこの馬と
攻めて進んだ山や河

執った手綱に血が通う

あの行進曲「愛馬進軍歌」だった。

それを聞いて英一は思わず彼に駆け寄り、その前に立ちすくんで、滂沱《ぼうだ》と涙を流して泣き続けた。その時に自分の体内に眠っていた強烈な戦争の傷跡を発見したと書いている。

祖国を追われた日本人殉教者、ハバロフスクの行き倒れていた老人、マカオの「愛馬進軍歌」の乞食、そしてシベリヤに残ろうとした自分は彼らとなんの変わりもなかった。

英一は毎年四月に千鳥ヶ淵戦没者慰霊苑にお参りに行く。桜並木の中をそこに向かって歩いて行くと、我知らず「歩兵の本領」が口をついて出てくる。

万朶《ばんだ》の桜か襟の色　　花は吉野に嵐吹く

自分もあの時シベリヤに残っていたら、あのように年老いて「歩兵の本領」を歌って物乞いをしているのかもしれないと思った。
英一にとっての戦争は今も終わっていなかった。

我が祖国の指導者は多くの貧しく素朴な国民を、愛国だとか祖国防衛と言って戦地に駆り立て、そして戦局が不利になるとその国民を異国に投げ捨て、自分達だけ真っ先に逃げて帰ったのだ。

英一はこうした日本国の非情さを嫌という程に体験し見聞きした。多くの心優しい友人や戦友を失っていた。彼のような一兵卒はまるで虫けらのように扱われて捨てられた。天皇を無条件に崇拝をさせられ、その名のもとに数千キロの海の彼方の異国に送られて、何百万人もの現地の人を殺し、そして何百万人もの兵士が死に追いやられた。しかし上層部の特権階級は、その愛国という美名の裏で軍需産業で儲け、現地で略奪をして、膨大な富を蓄財していた。しかもその数千万人の犠牲者を出した責任を取らずに戦後もぬくぬくとその特権に胡座《あぐら》をかいて、豊かに暮らしていた。

そういう欺瞞《ぎまん》的な国家というものに、英一は心身の奥深くから拒絶反応をしていた。そんな祖国は必要がないと思ったのだ。

十七　アナーキストは優しかった

英一の書簡の中で、日満高等工業高校を志望したのは、家族や国を捨てて多くのアナーキストを引きつけていた上海や大連に行きたかったからだと何度も書いている。

当時の上海や大連は多くの文学者や詩人、アナーキスト、自由主義者を引きつけていたことは前に書いたとおりである。栗林英一は、厳しい言論弾圧と警察官である父親や家族との軋轢《あつれき》から逃れて、多くの文人達を引きつけたその自由な雰囲気に憧《あこが》れたのだろう。

無論、共産主義者たちやアナーキストたちも国際的に連携をして、上海を活動の拠点にしていた。

明治四十三年（一九一〇年）に大逆事件があり、明治天皇の暗殺を企んだとしてアナーキストと言われた幸徳秋水以下二十六人が検挙され、全員有罪で、そのうちの幸徳秋水以下の十二人が死刑になった。

この事件は言論弾圧のために明治政府がでっち上げた事件であったことが今はわかっている。幸徳秋水以下の多くの言論人や自由主義者達は、明治政府の腐敗と戦争政策を一貫して批判し、戦争の反対をして論陣を張っていた人たちであった。

彼らの源流は自由民権運動の板垣退助であり、その流れを汲《く》んでその理論的支柱となった中江兆民であった。彼らは明治政府が天皇を神格化して強権政治で国民を戦争に誘導して、日清戦争、日露戦争に邁進《まいしん》していくのを一貫して鋭く批判し反対をした。その板垣退助が社長をしている「自由新聞」で記者になったのが幸徳秋水であった。

その後反戦の論陣を張っていた「萬朝報」に移って政治家の腐敗を追求し、特に清国の義和団の変を日本軍が鎮圧した時に、清国の国庫にあった多額の馬蹄銀《ばていぎん》を陸軍が横領したことを追求をした。

清国ではアヘン戦争後にイギリスを中心とした列強に香港の割譲、福州、上海の開港、自由貿易を強要されて不平等条約を押し付けられた。その後のアロー号事件後の天津条約では内陸部へのキリスト教の布教を認めさせられた。これ以後清国の経済は混乱して治安も悪化した。

特にキリスト教の急速な布教によって、民衆の不満が暴発して、愛国的な攘夷《じょうい》を目的とする義和団の乱が起きた。この乱は大きな広がりを見せて、清国の西太后はこれに同調して列強に対して宣戦布告をした。この時に、欧米列強は同盟して清国に対抗をして共同出兵をした。イギリスは日英同盟を結んでいたので日本に出兵を要請した。これを機に日本軍は二万の兵力を派遣した。

軍を派遣した欧米列強は、イギリス、アメリカ、ロシア、フランス、ドイツ、オーストリア、イタリア、日本の八カ国だった。最も多くの派兵をおこなったのは日本とロシアであった。

この義和団の乱で西欧列強軍は天津から進軍して、清国の首都北京を攻撃した。激しい戦闘の末に北京は陥落《かんらく》したが、連合国兵士の暴行、強姦、略奪が横行してすさまじい様相を呈した。北京市内には中国文明四千年の文物や宝物が大量にあって、各国の兵士達は市内の宮殿や博物館、民間の邸宅を競うようにして荒らし回ったという。その時奪った膨大な美術品が今も大英博物館に所蔵されている。日本にも多くの文物が今も保管されている。その時に日本軍は清国の国庫にある二百五十万両に及ぶ馬蹄銀《ばていぎん》を略奪《りゃくだつ》している。

幸徳秋水はこの馬蹄銀《ばていぎん》の行方を追求した。ここに日本の中国侵略の隠された意図が垣間見えている。日本は欧米列強の侵略戦争と略奪の片棒を担いだのだ。

これによって真鍋中将が辞任に追こまれている。山県有朋はこの事件で幸徳秋水を疎《うと》ましく思って、これがのちの大逆事件の原因になったとも言われている。

日本に派兵を要請したイギリスは、植民地の南アフリカの独立運動を弾圧するボーア戦争の最中で多くの兵を派兵をする余力はなかった。手いっぱいであった。

アメリカは当時米西戦争でスペインから奪ったフィリピンでアギナルド率いるフィリピン共和国と戦争状態にあったので、やはり多くの兵の派遣ができなかった。その両国を助けたのが、大日本帝国の二万にも及ぶ派遣軍であった。

アメリカは当時スペイン植民地であったキューバの帰属を争ってスペインと戦争をする。スペイン領だったキューバのハバナ沖に停泊していたアメリカの軍艦メイン号が突然爆発して、二百五十名の乗組員が死亡した。これがスペインの攻撃であると主張をして、アメリカはこれをきっかけに米西戦争を始めた。メイン号はアメリカ政府の自作自演であったことが今ではわかっている。

フィリピンは十六世紀以後の長い間スペインの植民地であったが、十九世紀になって独立運動が起こり、スペイン政府は弾圧を繰り返していた。アメリカはフィリピン人に独立させるという約束で戦争に協力させた。アメリカが勝利に終わると、アギナルド率いるフィリピン共和国が独立をした。しかしアメリカは約束を破ってフィリピンの独立を認めず、フィリピン共和国と戦争になった。激しいゲリラ戦で現地人は頑強な抵抗をした。しかしフィリピン提督マッカーサーは十歳以上の現地人を女も子供も皆殺しにせよとの命令で、百五十万人以上を虐殺してその独立を踏みにじった。

その戦争を指揮したマッカーサー提督は日本占領軍の最高司令官ダグラス・マッカーサーの父親だった。

幸徳秋水らは一貫して日露戦争に反対の論陣を張っていた。『二十世紀の怪物帝国主義』を出版。しかしその後日露戦争に賛成に転じた「満朝報」を退社して、堺利彦、内村鑑三、石川四郎とともに「平民社」を結成しそこを拠点に活動を始めた。『共産党宣言』を翻訳出版。

こうした幸徳秋水の経歴や著作を見ると、過激なアナーキストというイメージとは違っている。故意に悪しき過激なイメージを作られているが、自由民権運動の流れを汲《く》んだ人権尊重を主張する近代人であった。

幸徳秋水の書いた反戦の訴えを以下に載せる。現在にもそのままに通用する心打つ訴えである。この「平民社」の幸徳秋水の訴えを、若い頃に栗林英一は読んでいたのだろう。

～我らはあくまで戦争を非認す～1904年1月（開戦1ヶ月前）

『全ての時と所におけるあらゆる罪悪を集めようとも、ただ1ヶ所の戦場で生ずる害

悪には及ばない』（ヴォルテール）

『戦争は人間の財産及び身体に関してよりも、人間の道徳に関してさらに大きな害悪をもたらす』（エラスムス）

今こそ戦争防止を絶叫すべき時は来れり！

人類愛の道を示さんが為に、人種の区別、国家構造の違いを問わず、世界を挙げて軍備を撤去し、戦争の根絶を目指す我らにとって、戦争防止を絶叫すべき時は来れり！

世を見渡せば、ある者は戦勝の虚栄を夢想するが為に、ある者は乗じて私腹を肥やす為に、ある者は好戦の欲心を満足させんが為に、焦燥熱狂し、開戦を叫び、あたかも悪魔の咆哮に似たり。

我らは断固として戦争を非認す。戦争は道徳的に恐るべき罪悪なり、経済的に恐るべき損失なり。社会の正義はこれが為に破壊され、万民の福利はこれが為に蹂躙（じゅうりん）せらる。我らは戦争の防止を絶叫すべく、今月今日の平民新聞第十号の全紙面を挙げてこれを訴える。

ああ愛する同胞よ、その狂熱より醒めよ。

諸君が刻々と堕せんとする罪悪、損失より免がれよ。戦争は一度始まると、その結果の勝敗にかかわらず、後世の者に必ず無限の苦痛と悔恨を与える。

『真理の為に、正義の為に、天下万生の福利の為に、今こそ汝の良心に問え！』

～兵士を送る～（開戦にあたっての文）

諸君は今や人を殺さんが為に、また人に殺されんが為に行く。兵士としての諸君は、単に一個の自動機械なり。諸君は思想の自由を有さず、身体の自由を有さぬ。しかし、それは諸君の罪にあらざるなり、英霊となる人生を強制し、自動機械と為せる現社会制度の罪なり。

ああ従軍の兵士、諸君の田畑は荒れ、諸君の老親は独り門にすがり、諸君の妻子は空しく飢えに泣く。しかも諸君は政府の号令で行かざるを得ぬ。

戦地では諸君の職分とする所を尽せ、一個の機械となって動け。しかれどもロシアの兵士もまた人の子なり、人の夫なり、人の父なり、諸君の同胞なる人類なり。これを思うて慎んで彼等に対して暴虐の行あることなかれ。

我らは諸君の子孫をして再びこの惨事に会わさぬ為に、今の悪制度廃止に尽力せん。諸君が彼の地で奮進するが如く、我らもまた悪制度廃止の戦場に向って奮進せん。

～戦争のため～（開戦の翌月に）

嗚呼「戦争のため」という一語は、有力なる麻酔剤かな。ただこれ一語を以て、聴者はその耳を奪われ、視者はその目を奪われ、智者はその智を奪われ、勇者はその勇を失う。

現政府の議会政党は今や「戦争のため」という一語に麻酔して、その常識を棄て、その理性を放逐し、国民を底無しの重税の地獄へ落とし込む。度重なる増税は、これ実に「戦争のため」なるべし。

我らが国家を組織するは何故か、政府を設置するは何故か、そして国家政府を維持せんが為に、その生産した財を税として出し国家政府を支持するのは何故か。他でもない、我らの平和と幸福と進歩とを保続せんが為なり。

換言すれば、国家政府はただ我らの平和、幸福、進歩の為の方法、道具に過ぎず、税は我らの平和、幸福、進歩の未来の為の代価なり。これ極めて簡単明白の事実。古今東西の政治書、財政書の示す内容も、税の目的は所詮これ以上に出づるを許さず、決してこれ以外になし。

政府が我らの為に平和、幸福、進歩を提供せず、かえって我らを圧制し、束縛し、略奪するならば、何の理由でその存在の必要性を認むるか？

税の対価が平和と進歩と幸福ではなく、殺戮、困乏、腐敗であれば、なぜ我らは納税の必要性を認めんとするか？

この戦争は政治家の野心と、軍人の功名心と、狡猾な投機師の懐のみを満たすのみなり。多くの新聞記者がこれに附和雷同し、競って無邪気なる一般国民を煽動せる結果を見よ。将軍の名はとどろけど、国民は惨めに一粒の米にも窮し、国家の武威は四方に輝くも、国民は一枚の衣を得るにも困す。

兵士の遺族は飢餓に泣き、物価は高騰し、労働者は職を失い、俸給を削られ、その一方軍債の購入を強いられ、国庫へ貯蓄を促され、多額の税は細民の血を絞り骨を削りゆく。

国民が真にその不幸と苦痛とを除去せんと欲せば、直ちに不幸と苦痛の由来を除去すべきのみ。由来とは何ぞや、現国家の不良なる制度組織これなり。政治家、投機師、軍人、貴族の政治を変じて、国民の政治となし、「戦争の為」の政治を変じて、平和の為の政治となし、圧制、束縛、略奪の政治を変じて、平和、幸福、進歩の政治となすのみ。涙を飲んで「戦争の為」にその苦痛不幸を忍耐することなし。

ことここに至り、我らは遂に国家という物、政府という物の必要性を疑わざるを得ざるなり！

明治維新になって、日本は長い封建制を打破して開国して先進西欧文明を導入して近代化したと言われている。しかし一方では二百七十年間も自立した国家として栄えてきた穏《おだ》やかで豊かな国家が、極端に破壊されて、そこに住む国民は過酷な圧政に打ちひしがれるようになっていた。明治維新以後の日本の農村や漁村は疲弊《ひへい》して混乱をしていた。その結果、農民一揆や打ちこわし、暴動が頻発した。

江戸の末期にも農民一揆は多かった、この原因は幕政が疲弊《ひへい》していたこともあったが、主として気候が寒冷化して度々凶作になったことが大きな原因であった。その頃地球全体が小氷期に入っており、欧州各地もテムズ川が氷結したり、ニューヨーク湾が氷結した記録がある。日本でも江戸時代は今よりかなり寒冷であって雪が多く、忠臣蔵の討ち入りの日や桜田門外の変も雪の日であった。

明治時代になると小氷期も終わって気候は少しずつ温暖化していた。しかし農民一揆や打ちこわし、米騒動、暴動が激増した。変革期ゆえの原因もあったが、地租改正による農民の窮乏化《きゅうぼうか》が大きな原因であった。

従来の収穫高の一定割合を年貢米として徴収する方法から、地租改正により地価を公定してその一定割合を現金で納税する方式に変更された。政府は米の収穫量の変動に関わらず一定の税収を得ることができて安定をした。しかし米価の価格変動は農民の負担になった。そして公定地価が割高に設定されて農民の租税負担が重くなった。しかも江戸時代の土地は村落共有であることが多く、年貢も村落ごとに負担をしていたので内部で負担の調整が可能であったが、それができなくなって貧富の差が広がっていった。そして所有者や耕作者を明確にして、その人に地租をかけることになったので、土地の所有権が強化され、売買されて投機の対象にもなった。

江戸時代の山林は幕府領が多く、周辺農民の入会地として木の実や茸《きのこ》、薪《たきぎ》や渓流の魚の採取などが利用でき、多くの農民の生活に欠かせないものになっていた。

しかしその大部分は明治政府により国有地とされて、農民はそこから締め出されて自由に利用ができなくなった。特に東北地方の山林の多くは幕府領だったので農村の打撃は大きかった。明治政府はその山林の多くを立ち入り禁止にして、次々に資本家たちに売却した。

こうした地租改正によって窮乏した農民の多くは、借金にたよることが多くなり高利貸しの格好の餌食になって、担保の農地を手放すことになっていった。自作農が急速に減少して、その多くは小作農に転落した。明治以降に新潟や東北の米どころでは、巨大地主が増加していったのはこうした事情によっている。

明治時代の農民一揆や打ちこわし、暴動が多かったのは、それだけ社会全体が深刻な状態にあったと言える。今の社会の第一次産業の農民や漁民たちの比率は十パーセント程度だが、その頃は七十パーセント以上だったから、社会に与える影響は想像以上だった。その中でも特に東北地方は深刻であった。

秋田藩は戊辰《ぼしん》戦争で官軍側について奥羽越列藩《おううえつれっぱん》同盟と戦ったのだが、最終的に勝利したものの周囲の藩からの集中攻撃を受けてひどい痛手を受けた。その上にほとんどの農山村には地租改正で重い負担がのしかかり疲弊《ひへい》していた。それゆえに、明治初期には窮乏《きゅうぼう》していく旧士族層、中小農民達の現状改革をしようという思いが、自由民権思想と複雑に結びつきながら発展していた。

明治十四年(一八八一年)に今の横手市内で自由民権運動を組織していた秋田立志会の六十三名が強盗殺人事件を計画したという疑いで逮捕された事件が起きた。この秋田立志会は農民など二千人以上を組織して国会開設運動や自由民権運動を主張して運動をしていた。彼らは武装蜂起《ほうき》して県庁などを占拠するための資金を得るために銀行を襲撃する計画をしていたという。彼らは政府転覆の罪で無期懲役や一〜三年の懲役の判決を受けて投獄されたという。しかしこれも明治政府のスパイが組織に潜り込んで、過激な行動を煽《あお》って周囲を巻き込み組織を潰す謀略だったという。

この事件で秋田立志会は解散を余儀なくされたが、その意志を受け継いだ多くの農民達が秋田自由党を結成してその後も自由民権運動を展開していった。

このように秋田では日本の他の地区に先駆けて、明治の初期から自由民権運動が盛んであったのは、典型的な稲作地帯で林業や漁業に大きく依存し、過酷な地租改正によって多くの農民が打撃を受け大きな社会矛盾を抱えていたことがその理由なのだろう。そして秋田には北前船の航路を通じて京都などから、近代的な思潮《しちょう》が早くから入ってきていたからではないか。

アナーキズムの思想は個人の自由と倫理を尊重して、人間の横のつながりを重視して、その関係性の中から自主管理によって社会を規定していこうという思想であった。硬直的な中央集権を否定し、合理性のない権威主義と家父《かふ》長制、そして人間の支配被支配の関係も否定し、人種や性差別を否定する思想であった。またマルキストやプロレタリアとは連携して相互刺激しあいながら運動を進めてきてはいるが、アナーキズムの柔軟な自己管理主義は中央集権的な共産主義とは相容れない側面を持っている。むしろ自由民権運動の進化した形態だったと思われる。アナーキストである人類学者はこういっている。

「アナーキズムは革命の実践にあたり、倫理的な言説を追求した。倫理的言説とは次のような仮説に基づいている。自由とは、権威的な方法では達成し得ない。社会の変化は、日々の関係の変化によって起こる」

こうしてみると、アナーキズムは自由で素朴で倫理的な横の人間関係を社会の基本にした柔軟な民主主義の主張であり、過激な反社会的な暴徒であるというイメージとは程遠いものであった。しかしそのことこそが帝国主義の専制主義国家にとっては、最も御《ぎょ》しにくく、忌《い》むべき思想だったのだろう。それゆえ彼らは繰り返し卑劣な謀略を用いて弾圧をしたのだ。

明治政府の理不尽な度重なる弾圧を受けて、自由民権運動はプロレタリアによる労働運動やアナーキストによる反政府運動を生み出していったのだ。その中でも、小林多喜二、幸徳秋水、大杉栄は困窮した自国民を搾取《さくしゅ》する国家権力を批判して、最後まで明治政府の度重なる弾圧と拷問に屈せずに、変節、転向を拒否して死を選んだのだ。英一は彼らを尊敬していた。

しかし当時の多くの自由民権運動をしていた人やプロレタリア作家、ジャーナリスト、小説家の多くは簡単に転向をして変節をした。

このような秋田地方に生まれ育った早熟で利発な栗林英一は、大正デモクラシーの思想的な影響を強く受けたのはある意味で必然であった。しかし英一が育った昭和時代には、ほとんどの民衆の運動は政府による徹底的な弾圧によって、瀕死《ひんし》の状態であった。それを象徴する事件が大正五年（一九一六年）に起きた大杉栄事件であった。

大杉栄が社会主義運動に入るきっかけは、学生時代に知った足尾銅山鉱毒事件であったという。学生寮の友人が田中正造を支援する活動をしていたという。

大杉栄はその後平民社に出入りして幸徳秋水や堺利彦の影響を受けて社会主義運動に入っていった。幸徳秋水の大逆事件の時は、獄中であったために連座を免れた。度重なる投獄の度に獄中で語学を習得し、執筆をした。出獄した頃は、激しい政府の弾圧で新聞の発行も本の出版も禁止され、ダーウインの『種の起源』の翻訳出版をして生活費を稼ぐしかなかった。そして大正五年（一九一六年）に特高大尉である甘粕《あまかす》正彦によって特高警察所の中で虐殺された。

幸徳秋水の主張は単に自由民権や反戦を主張するものであったが、富国強兵に邁進《まいしん》して西欧列強に伍《ご》して海外に植民地を獲得するに急な政府は、その方針に少しでも反する人々を様々な謀略で排除し弾圧していった。支配者達の方が遥かに理不尽で傲慢で酷く暴力的だった。その繰り返される理不尽な弾圧に、幸徳秋水の思想を継ぐ大杉栄たちは穏健《おんけん》な社会主義や自由民権運動から、やがて過激なアナーキストに変質していった。彼らは最初から暴力的な反政府運動を目的とするイメージで語られているが、それは今も続く大日本帝国以来の支配者達が、意図的に作ったものだろう。

栗林英一の郷里秋田地方の農民は素朴な人たちだった。彼らはその素朴さゆえにいかがわしい大日本帝国に騙《だま》されて、満州開拓に送られ戦地に駆《か》り出されて多くの人たちが無残に死んでいった。英一は終生ことある度にそれを嘆き悲しんでいた。国家というものに疑問を持って生き続けていた。

英一の膨大な書簡に一貫して流れているものは、地位の上下や権威や貧富の差を否定して一個の素裸《すっぱだか》の個人として、どんな人とも誠心誠意で付き合う姿勢であった。そして弱者をいたわり驚くほど優しく接していた。自らが社長になり経済的に豊かになってもその姿勢は揺るぎなかった。多くの部下や社員たちにも、権威主義的に一方的な命令で接することはなかった。

英一は仕事で関係のあるペンキ屋の人と親しくなり、彼の悩みを聞いていたという。彼は人生に悩んで宗教に関心を持ち、特に仏教に関心があり英一氏に教えてくれないかと頼んだという。

彼はそれを契機に仏教の歴史を学んで、原始仏典から小乗仏教、大乗仏教、そしてそこから無数の宗派に別れた全ての歴史を研究して一冊の本に纏《まと》めた。二年の歳月をかけた五百ページに及ぶ大作だった。それを悩んでいた知人に無償で提供をしたという。

また、未だ独立する前に新聞の編集をしていた頃に同僚の悩みを聞いて同情し、多くの書簡をしたため励ましていたという。その書簡は後年全て送り返されて来て英一はショックを受けたが、そこに書かれていた自作の詩を見つけて感動をしている。

思春期の悩みを抱えた甥には、友達のように丹念に接して彼の悩みを一緒に悩み、励まし励まされている様子が多くの書簡に残されている。六十歳の年齢差を超えて丸裸の一個の人間として共に悩んで交わる姿がそこにあった。書簡の一部を以下に要約して載せる。

拝啓

あなたが異様な眼差しで病室に入って来た時、私はすぐにあなたの悩んでいることを理解しました。

私に何かできることはないかと考えましたが、今は何もできません。せめて手紙を書いてみようと思いました。

孤独は特に青春時代の特有の病気です。肉体の不治の病のように、これは精神の病ではなかなか治りません。私も幼年時代からその病気に悩まされて来ました。満州に渡って、軍隊に入りシベリヤに抑留されて帰って来ても、その病は治りませんでした。敗戦後独立して四十歳の頃に事業に成功をするにつれて、やっとこの病気から解放されました。良い時代を迎えました。しかし五十八歳で突然癌で倒れたので、輝かしい人生は十八年ほどだけでした。

世界の哲学者の多くは、皆深い孤独感に悩んでそこから思索して思想を作り出すのですが、幸福な人生を送った人は一人もいません。フランスの哲学者アランは『幸福論』を書きましたが、その中でこう書いています。自分が不幸で孤独であると悩んでいるときは、足を折り曲げて、しゃがんで頭をその足の間に入れて両手を組んで頭の上にあげなさいと。私は少年時代に何度もそれをやってみましたが、少しは効果があるようです。

孤独を治す特効薬は自己表現をすることです。音楽を作曲したり演奏をすると、多くの人と精神的な連帯感が湧いて来ます。若者がステージを囲んで演奏者と一緒になって熱狂するのもそうでしょう。絵を描き、文章を書くのも同じことです。哲学的には孤独は自己疎外と言います。過去の過酷な体験のトラウマが原因だと言われたり、遺伝的な体質だと言われることもあります。十八世紀にフロイトという心理学者がいました。作曲家のマーラーや小説家のジョイスなどがそのフロイトの診断を受けています。しかし、その孤独は癒《いや》されません。マーラーは生涯孤独に悩まされて多くの交響曲を作曲して死にました。その交響曲を一年かけて全曲聞きましたが、私の気分にぴったりと寄り添うものばかりでした。

天才詩人ランボーは十代で驚くほどの才能で多くの詩を書き世界に知られましたが、ある日突然にアフリカに旅立って行方不明になったのです。孤独を癒《いや》すために自らの命を絶ったのだろうと言われています。

孤独に苛《さいな》まれたときはゆっくりと静かに耐えて時間を稼ぎ、そして旅に出るのも良いでしょう。これとあまりに真っ正面に取り組んではいけません。危険なのです。

むしろ少しでも自分を理解してくれる人たちと交流をすることです。手紙や対話でいいのです。そして少しずつ自分を見つけていくしかありません。それを丹念にやり続けることによって、自分という人格や思想を築いていけるのです。そこから知的なものが育って知識人としての歩みが始まります。周囲の世界を自分で知って考えることができるようになるのです。孤独は自立する人の思想の根なのです。

私はあなたの孤独はよくわかります。これからもできるだけの援助をしていきたいと切に思っています。頑張ってください。

このように、栗林英一は生涯弱者に優しく寄り添って生きようとしていた。その姿勢は幼少期の秋田での体験によることが大きかったのだろう。多くの同級生とその家族は酷《ひど》い昭和農業恐慌によって飢えていた。娘たちは出稼ぎに追いやられて、あるものは楼閣に売られた。都会に出稼ぎに行った若者も過酷な労働で酷使されていた。一方大地主や資本家や官吏は彼らの犠牲の上に巨利を貪《むさぼ》り飽食をしていた。貧富の差が極端に開いていった。

それらを日常的に目にして育った早熟で利発な英一は幼い頃から多くの本を読んで、その社会の矛盾を理解したのだろう。しかし、英一の父は警察官で栗林家の本家は古くからの大地主であったので、その特権を享受《きょうじゅ》してむしろ庇護《ひご》する立場にあったから、彼は幼くして精神的に苦しい立場にあったのだろう。英一はその栗林家の長男であった。

幼少期の「憑依《ひょうい》」されたというエピソードは、幼い頃に病弱で弱虫だった長男の英一を、母親が叱咤《しった》激励するための肝試しの時の話だった。その母や父の自分を叱咤する雰囲気を感じた英一は、それに無意識に反発して、無謀な肝試しに家を飛び出したのだろう。彼は病弱な自分と多くの虐《しいた》げられている秋田の農民たちを重ねて、弱者の側で共に戦っていこうという決心を、その時にしたのかもしれない。彼がその時に「父母や家族を捨てた」と書いているのはそういうことだったのだろう。人生で三回の憑依《ひょうい》があって、それが最初のことだったと書いている。他の二回は、シベリヤのくじ引きで手を上げた時と上野のロシア情報局を訪ねた時だったのではないか。

秋田の職場で自分を慕っていた丸山、占守島の戦い寸前で脱走した新婚の久米、仮病を使って除隊した羽埼、そして同級生だった内田やビーカーを折あるごとに思い出し涙してきた。彼らの行く末を膨大な時間と労力をかけて追い続けてきた。

そして、彼らを死に追いやった国家とその理不尽な戦争に心底反発をしていた。そして彼は国家や軍隊や戦争を否定していたにもかかわらず、徴兵されて戦地に追いやられた。

「私ほど殴られ制裁を受けたものはいなかっただろう」と語っている。

しかしその酷《ひど》い苦難の中にあって最後の瞬間まで挫《くじ》けなかったし、多くの文学者のように密かな転向も断じてしなかったのだ。

十八　生き残った不屈のアナーキスト

栗林英一は最晩年の平成十年（一九九八年）ごろに再び直腸に癌を発症する。最初の喉頭癌の手術から十八年目であった。精神的に大きなダメージを受けて、この頃から一層頻繁に林氏との書簡の交換が始まる。残された時間が少ないと無意識に自覚したのだろう。そしてその英一の熱意に刺激されて、林俊夫氏が五十四年の長い歳月の沈黙を破って、戦争の体験を語り出した。林氏はすでに九十歳になっていた。その林氏の多くの書簡をまとめたのが第十三章のアジアの植民地の拠点「魔都上海物語」である。ここにはこれまで知られていなかった昭和史の貴重な証言があった。これを引き出したのは紛れもなく英一の死を賭《と》した熱意だった。自分と多くの仲間の貴重な青春を無残に破壊して、全く反省もしない国家というものへの激しい不信と怒りがその原動力になっている。

二度目の病魔に襲われた英一の日常は、入院手術、放射線治療、転院、そして検査に手術、そして最初の手術により喉に取り付けられた呼吸用チューブの故障の修理と、間断《かんだん》なく病院に通う日々であった。次第に体力が衰えていったが、英一夫人とご子息三郎氏の献身的な介護や支援に助けられて生活をしながらも、小説の執筆のことは片時も頭から離れていなかった。その気力は驚くばかりであった。以下は林氏宛の手紙である。前段の闘病生活の悪戦苦闘は省略した。

さて、長々と体の不如意について語りすぎました。私はこのことがあってからなのか、それとも他の原因によるものかどうか、にわかには分析できませんが、その日（死ぬ日）までのことを明瞭に自分に言い聞かせて納得しました。それはまずは作品を仕上げること、二番目は家内の死に水を必ず取ってやること、そして三番目はその二つができたら、体が痛かろうがどうであろうが、旅に出よう！　と決意をしました。行き先は中国の雲南か東南アジアで、そこでノタレ死のうと思います。もちろん、大兄と十分に打ち合わせの上のことです。そんなことで

もう少し作品の完成は先のことになります。ご容赦ください。

このころの別の書簡にこんなことも書いている。

私はこの戦争で一人の兵卒として、一度も加害者の側に立ったことはありません。

占守島の戦いでも、暗闇の中を歩兵部隊と一緒に戦車の後ろから射撃しながら突撃したが、敵兵を確認したわけではなく、ただむやみに射撃し続けていただけだった。その後彼は間もなくシベリヤ抑留になったのだ。

病気に倒れて、戦争を総括する小説を書こうと思い立ってから、彼は多くの日本軍の現地人虐殺の資料を集めていた。そして、南方で玉砕《ぎょくさい》した多くの兵士の厳しい状況も知っていた。占守島の戦いをはるかに超える厳しい戦場に置かれた時、自分はどうしただろうか、と悩み続けていた。その悩みは絶えず彼を捉《とら》えて苦悩させていた。そこでも彼のアナーキストとしての誇りをかけた不退転の「人を殺さない」という意思が語られている。

しかし殺すか殺されるかという絶望的な状況に置かれた時自分はどうするべきか、それは最後まで彼を悩ました問題であった。前にも少し触れた東史郎著『わが南京プラトーン』を読んだ彼の感想がある。


戦争を告発するものが多い中で、自分がその虐殺に加担してそれを日記に克明に記録し、それを現地の中国で出版したという例は初めて知った。

私はこの本を読んで　ああやっぱり、となんとも言えず情けなくてひどい精神的な苦痛を感じた。

彼は十歳ほど年上だが、南京での日本軍人の虐殺、強姦を一人の傍観者として詳細に記述している。そして、彼のより詳しい日誌は少し読んだだけで、私には最後まで読むことはできなかった。神経が耐えられなかったのだ。

人がこの世に生まれ出て、最初に直面するのは虚無です。親や肉親がいるのは偶然でしかありません。集団に属しその中で他人や他の民族を殺すことよりも、はるか前にまず自分の生存が問われなければならない。その場面に直面した時に人には多くの選択肢が残されている。「人を殺さない」で、逃避するか自殺するか発狂する方法もある。

その他の多くの従軍記にも、虐殺《ぎゃくさつ》に加担しなかった人の証言がある。加担しなかった理由の多くは、クリスチャンだったとか、怯《ひる》んだとか、怖かった、というものばかりである。自立して自分の明確な判断で虐殺を拒否した人は一人もいなかった。そのことに私は危機感を感じている。

六百万人も動員されて、三百万人も死んだこの戦争をどう思うか？　という問いかけは今や蚊が泣くほどの小さいものになって消え入ろうとしている。この戦争を総括しなくては、今後歴史を語る資格はないのだと思っている。

あのベトナム戦争の時に、脱走した米兵を助けようと「ベトナムに平和を市民連合」を結成した小田実は、最近『玉砕《ぎょくさい》』という本を出版している。一兵残らず玉砕《ぎょくさい》したこのペリリュー島の戦いを、全ての感情を移入して書かなければ、戦争を語る資格はない、と語っていたという。

そして自身が指揮官であったなら自分も間違いなく玉砕《ぎょくさい》しただろうと書いている。ドナルド・キーンはこれに感動をして翻訳して世界に紹介をしている。

ドナルド・キーンはこんな感想を書いている。

「旧日本軍の玉砕《ぎょくさい》は、理解できないことばかりだった。最後の手りゅう弾を敵に投げるのではなく、なぜ自分の胸にたたきつけたのか…。『生きて虜囚《りょしゅう》の辱めを受けず』と洗脳され、信じていたようだが、それは日本の伝統でも何でもない。日露戦争では多くの日本兵が捕虜となり、彼らはそれを恥辱《ちじょく》とは思わず、日本に帰還した。

アッツ島は戦略上、重要な拠点ではなかった。その証拠に、近くのキスカ島から旧日本軍は何の抵抗もせずに退却した。アッツ島からも退却できたはずだ。ペリリュー島でも戦略上、不要となってからも抵抗は続いた。米兵が『バンザイ突撃』と呼んだ玉砕《ぎょくさい》。何のために、どうして玉砕《ぎょくさい》したのか」

昨今は『国民の歴史』などという本が盛んに読まれているけれど、それでは多くの真実は隠されていて、戦前に舞戻っていくような気のする昨今です。郷里の秋田十七連隊が旅順攻略戦の時に現地の村民を虐殺したことを知り、悩んで、秋田の小作農たちも調べてみたりした。しかし今はもうそれに触れるのはやめました。この『わが南京プラトーン』の東史郎氏という文学青年はなぜそんなことをしたか、それが他の日本人全ての背負っているものだとすれば、私はひどい孤独感に苛《さいな》まれます。

また靖国神社には人間魚雷や特攻機がそのままに展示されているが、その前に立つと私は思考が停止してしまい、立ちすくんでしまうのです。私が特攻機に乗ることを命令されたらば、どうするんだという恐ろしい問いかけが迫ってくる。乗るだろうか、拒否するだろうか。現実に若い兵士たちはそれに乗って行った。それはとても合理不合理では判断できない。

そんな中で生き残った私は、真実の歴史に飛び込もうとしている。建国以来の二千年のインチキな日本の歴史を一足に飛びに飛び越えて、縄文時代や中国の雲南まで思考の幅を広げている。

最近熱海によく行くが、旅館の玄関先に戦時中の部隊の懇親会などの表示がされている。この戦争を体験した兵士たちが、懇親会を開いているのだろう。東史郎氏のような人もいて、多くの現代史の闇がここでも語られているに違いない。彼ら兵士の記憶は密かに語られてそれで終わるのでしょう。

しかしそんな中で、奥崎謙三は後にも先にも直接昭和天皇に戦争の責任を追及したただ一人の人だった。

皇居の一般参賀の多くの人に混じって「天皇を銃撃しろ！」と怒鳴りながら手製のパチンコを天皇に向けて打った。衝撃的な事件だった。

彼の部隊はニューギニアで敗走して、食料も弾薬も尽きてマラリヤでやられ、ジャングルの中を彷徨《さまよ》って、人肉食にまで追い込まれてしまう。その部隊の千数百名のうち生き残ったのはわずか三十数名だったという。生き残った彼はその悲惨な戦争の責任は天皇にあると、昭和四十四年（一九六九年）に参賀で昭和天皇の責任を追及したのだ。

それ以後、原一男監督の記録映画『ゆきゆきて、神軍』の撮影に協力する。その後彼は、上官に殺され食われた兵士の仇を打つと称して、帰国して平和な生活をしている上官を探し出して銃撃する。ニューギニアのジャングルにいた彼の部隊はすでに敗戦を知っていたが、ジャングルの中で飢えながら部隊として止まっていた。最初は敵兵の死体を食い、そのうちに味方の死体を食っていた。やがて上官は部隊で最も弱っている兵を、命令で殺して食った。そして生きて帰国したその上官を彼は徹底的に追及したのだ。

奥崎は二十年の刑を受けて出獄したが、記事にしたのは朝日新聞だけであった。彼は徹底した反権力者だった。『ゆきゆきて、神軍』は彼の作った神で、その神は奥さんだけが信者だったという。

彼は戦争の責任を追及するために、土地を売り軽トラックを購入してそれに乗って全国を走り回った。このドキュメンタリー『ゆきゆきて、神軍』はドイツで受賞した。

彼は過激だったけれど立派だった。しかし、その他の民衆はどうにもならない砂つぶのようなもので、いくら学んで知識を身につけて防備しても、彼らがそこの民族共同体のようなものを超えるのは至難の技だ。

そこを越えて一人になること、異邦人でもなく、アナーキストでもない新しい個人になりたいと、私は痛切に願っている。

そして今度はアジア人のひとりとして自立したい。私は草一つ、樹木一本に到るまで西洋との大いなる違いをそこに見るからです。私はアジアに親近感と愛情を持っている。

栗林英一はこの戦争体験を学び総括するという二十年にも及ぶ取材旅行とこの戦争の多くの資料を学ぶ過程で、次第にアジアに回帰していった。

彼が若い頃に学んだのは十八世紀にヨーロッパで生まれた近代思想で、大正デモクラシーに象徴される自由民権主義であった。国家主義や軍国主義批判になって、そして多くの理不尽な弾圧を受けてアナーキストになっていった。その心の軌跡は幸徳秋水や大杉栄とほとんど同じといっていい。

しかし、長い間の思索《しさく》と取材と闘病を経て苦悩した彼は、西欧近代思想、合理主義、功利主義の多くの矛盾に気付いていった。

そして、取材のために訪れた中国や東南アジアの文化や民族に触れて、それに魅せられていった。単なる合理性や単純な思考では御《ぎょ》し得ない豊穣で複雑で、柔らかく親しみのあるアジアの中に次第に回帰して行ったのだろう。

十九　日本の戦争の謎を明かす

彼の書斎には戦争にまつわる資料や手記や歴史書が溢《あふ》れていた。その膨大な資料は、あの日本の戦争の隠された真相を明らかにしてくれたが、その一方で彼を絶えず悩ませるものだった。

この戦争では日本は疑いなくひどい加害者であるに相違なかった。六百万人もの兵をアジア諸国に送り込んで、その国土を切り取り、多くの現地人を殺し、虐殺し略奪したことは疑う余地など、どこにもなかった。何も知らない日本の多くの若い将兵は被害者であったし、日本の民衆も悲惨な被害者だった。もちろん攻め込まれた国は比較にならないほどの大きな被害を受けていた。戦争は双方に悲惨な被害を与え、勝者も敗者もなく双方が膨大な国富を浪費し荒廃した。

清国との阿片戦争で勝利して巨利を掴《つか》んだイギリスを本拠とするロスチャイルド家は、それに継いで日本の徳川幕府を倒して、それを裏から密かに支配することに成功をした。表向きは天皇をいただく大日本帝国という独立国を装わせながら、裏から密かに支配し操《あやつ》っていた。その日本が最初に戦った国がロシア帝国だったのは、多くの理由がある。無論ロシアが南下政策で日本に脅威を与えたこともあるだろう。しかし、極東の近代国家として誕生したばかりの貧しい小国が、どうしていきなり大国ロシアとの戦争をすることになったのか。

ロシアはユダヤの歴史的な仇敵《きゅうてき》であった。7世紀に今のウクライナ付近にハザール王国という白人の国家があった。この国は東のビザンチン帝国と西のアラブ帝国との間に挟まれて、どちらかへの改宗を迫られた。その苦境を打開するために、キリスト教とイスラム教の生みの親であるユダヤ教への改宗をして生き延びる道を選んだ。このハザール王国はその後にロシアに滅ぼされて、彼らはヨーロッパに拡散していった。

このハザール王国のユダヤ教徒はハザール・ユダヤ、あるいはアシュケナージ・ユダヤと呼ばれる。彼らは祖国を滅ぼされた恨みを記憶して、以後長い歴史の中で繰り返しロシアを攻撃してきた。農民を騙《だま》して高利で搾取するので、ロシアは彼らの国外追放をなんども繰り返していた。それゆえに、ロシア人とユダヤ人は歴史的に宿敵とも言える関係であった。

そのアシュケナージ・ユダヤ人は金融マフィアとして成長をして、ヨーロッパを手始めに世界中の富と権力を握って、その中心がロスチャイルド家であった。彼らは金融業で富を手中にして、奴隷売買、阿片の取引、原油や兵器の販売によって巨利を貪《むさぼ》って巨大化し、世界を植民地支配するようになっていった。やがて彼らはイギリスの王室と婚姻《こんいん》で一体化した。

その極東の支社がジャーディン・マセソン商会で、そこから長崎に派遣されたのがトーマス・ブレイク・グラバーだった。上海租界地一番地のＨＳＢＣ（香港上海銀行）が彼らの資金源だった。この阿片戦争の主役の死の商人に支配された国が明治維新以来の大日本帝国だった。

イギリスのユダヤ人は仇敵《きゅうてき》ロシアを叩《たた》くために日本軍を戦わせたのだ。日露戦争のために発行した十七億円の日本の戦時国債は、ロスチャイルド一族のジェイコブ・ヘンリー・シフが高橋是清の求めに応じて全て購入した。のちに彼はその功績によって明治天皇から勲一等旭日大綬章を贈られる。

その戦時国債は日本の年間予算のおおよそ十七倍に当たる金額という。高利であった。日本政府はその返済のために増税をしたので、日本人は長い間苦しんだ。

日本海海戦時の日本の軍艦の殆どすべてはイギリスから購入したものだった。日本艦隊には五人のイギリス武官が、戦争の指導をするために乗艦していた。そして、日本海海戦の時、イギリス東洋艦隊が威海衛《いかいえい》に集結して戦闘体制にあったという。日本艦隊が敗北した時は、そのイギリス東洋艦隊が出撃して、ロシアのバルチック艦隊を攻撃する予定であった。

こうした日露戦争の日本とイギリスとの深い関係はジェイコブ・シフの話以外は、殆ど書かれていない。

朝鮮を併合して、中国大陸に軍事侵攻をした大日本帝国は、柳条溝事件、盧溝橋事件と自作自演の事件を起こしてそれを契機に傀儡《かいらい》国家満州国を作り、そこから中国本土を侵略して上海、南京を攻略して日中戦争を始めた。上海事変以降の様子は林俊夫氏の書簡をもとに書いた「魔都　上海物語」に詳しい。

ここでも、笹川良一、児玉誉士夫、甘粕《あまかす》大佐などの多くの出自不明な人物や犯罪者達が暗躍している。彼らは様々な軍需物資や阿片の取引をして巨額の利益を得ていた。彼らは右翼結社の玄洋社や黒龍会とも関係があった。彼らは中国の都市を攻略した日本軍の後に付いていって、現地政府や富裕住民の金銀財宝を略奪して歩いていた。中国だけでなくその後に南下して侵略していった東南アジアでも同様の略奪を働いた。その指揮をしていたのは、陸軍中将竹田宮、三笠宮陸軍参謀などの皇族であった。

アメリカのカーチス・ルメイ空軍中将は、日本の百十三都市の空襲による焦土作戦と広島、長崎の原爆投下作戦を指揮した。アメリカに日本家屋を模《も》した木造の家を作りそれを実験台にして、焼夷弾《しょういだん》を開発した。それを投下して日本中の百十三の都市を焼け野原にした。東京大空襲では最初にドーナツ状に焼夷弾《しょういだん》を落として、逃げ場を塞《ふさ》いでから、中心部を爆撃したという。十万人もの女子供や老人が、この一回の空襲で死んでいった。原子爆弾を除けば史上最大級の犠牲者だという。しかも皇居は全く無傷であった。航空写真で見ると周囲の焼け野原の中に、皇居の一角だけが綺麗な緑色で残されている。

この日本空襲の作戦を指揮したアメリカ空軍のカーチス・ルメイ中将は、敗戦後小泉純也防衛庁長官の推挙によって、勲一等旭日大綬章を授与された。

日露戦争の戦費の調達に協力したジェイコブ・ヘンリー・シフが明治天皇から与えられた勲章も同じだった。勲章で言えばもう一人上げておこう。明治維新で活躍したあのトーマス・ブレイク・グラバーである。明治天皇から当時外国人としては破格の勲二等旭日重光章を受賞している。

彼は三菱財閥の顧問となり日本に永住して日本でなくなっている。倉田富三郎という日本名のご子息を残している。

さて、こうした明治以来の日本国のいかがわしさは、あの小林多喜二や幸徳秋水や大杉栄たちはよく知っていたのだろう。幸徳秋水は明治四年（一八七一年）生まれ、大杉栄は明治十八年（一八八五年）生まれであった。維新からわずかしか経っておらず、維新の多くの不審な事件の当事者や目撃者や周辺の知人達は皆健在であった。しかもそれらは現在進行中であったのだ。

栗林英一は、晩年にこれまでに書いたような戦争の無数の証言記録や多くの歴史を学んで、白人が現代も密かにアジア諸国を支配を続けていることに気付いていた。民主主義や自由平等、自由貿易、資本の自由化、国際化などの美名に隠れて、アジア人や中南米の有色人種を相変わらず支配し搾取《さくしゅ》していると。

戦前の日本が、「大東亜共栄圏、五族協和、王道楽土」のスローガンに隠れて、アジア諸国を侵略し支配したことと、これは瓜二つではないか。

極東アジアの有色人種日本人は、一等国になったと白人に騙《だま》されて、いい気になって本来友邦であるべきアジア民族を支配し殺して、優越感に浸っていたのだ。

三百年間、戦争もなく穏《おだ》やかに暮らしていた日本人は、狡猾《こうかつ》な白人に手も無く騙《だま》されて、彼らの有能な手先になって同胞であるはずのアジア人を支配し搾取《さくしゅ》したのだ。

まさに日本国は明治以来インチキな、いかがわしい国であった。栗林英一のその認識は最後まで変わることがなかった。

以下は晩年の彼の書簡の一部である。

戦後の世界を支配しているアメリカとは何だろうか?とアメリカが事件を起こす度に何度も考えた。アメリカは第一次大戦、第二次大戦、朝鮮戦争、ベトナム戦争、湾岸戦争、その他世界中で繰り返し戦争を起こし続けている。私はアメリカとはどういう国なのかと、その都度腹を立ててきた。どうして世界で繰り返し暴挙を繰り返すのか。ベトナム戦争のきっかけはトンキン湾でアメリカ艦船がベトナムの魚雷艇《ぎょらいてい》に攻撃されたのをきっかけに、アメリカが報復のために大規模な北爆をして始まった。そのベトナム戦争は近年では例のない悲惨な戦争で数千万人の犠牲者が出た。もちろんその犠牲者の大部分は、南北のベトナム人であった。そのトンキン湾事件は自作自演の謀略であったと、当時のアメリカの艦長の証言がある。

湾岸戦争も同様にアメリカの謀略によって引き起こされた。イラクには何の罪もなかったが、アメリカをはじめとする多国籍軍によって攻撃されて、わずかな間に百五十万人ものイラクの民衆が死んだ。そして、イラクは徹底的に破壊されて、油田はアメリカの手に落ちた。

そのアメリカの大統領は臆面もなく、北朝鮮、イラク、イラン、アフガニスタンおよびリビアをならず者国家と国連で非難している。しかしその国々はほとんど海を越えてまで、他国を大規模に侵略することなく、主として自国の防衛に励んでいるだけの国だ。

アメリカは世界中に七百箇所もの基地を持ち、そこに今も多くのアメリカ兵を駐留させている。そして、アメリカの方針に逆らう国は、地球の裏側にある国であっても謀略によって破壊され侵略される。アメリカこそが真の「ならず者国家」であるのは疑いがない。

ヨーロッパの列強の先進国はその狭い欧州大陸でせめぎあって国力を失い抑制的なのだが、新興大国アメリカは強大な武力を背景に他国を繰り返し侵略してはばからない。そして、自作自演の事件を作って、自国こそが被害者と装って他国に戦争を仕掛けている。この方法は、日本軍が満州で引き起こした柳条湖事件、盧溝橋《ろこうきょう》事件と同じである。

アメリカは内戦であった南北戦争を除くと、自国内で他国と大きな戦争をしたことがない。第二次大戦でアジア諸国の戦傷者は約二千万人と言われている。その戦争の主役であったアメリカは常に他国で戦ったので死傷者はわずか四十万人であったという。

最近の世界の百九十六カ国の年間軍事費は総額百二十兆円で、そのうちアメリカの軍事費は六十兆円になるという。毎年六十兆円を費やしているのだ。日本の税収はおおよそ年間四十五兆円で、それを超える金額をアメリカは毎年費やしている。驚くほどの軍事国家というべきだろう。

アメリカ合衆国は、建国してすぐにユダヤ金融資本の支配する国になってしまった。今も武器と戦争で暴利を貪《むさぼ》るイギリスロスチャイルド家とロックフェラー家の支配下に置かれている。

敗戦後の日本はアメリカ自身が日本に押し付けた平和憲法のおかげで、朝鮮戦争、ベトナム戦争、湾岸戦争などの戦争に直接参戦させられることはなかったが、それらの戦争の補給基地として沖縄や横須賀基地をはじめとして日本中の基地で多大の貢献をしたばかりではなく、一兆円を超える大きな戦費の拠出《きょしゅつ》をしている。

それらの全ての戦場はアジアと中東であった。ベトナム戦争での死者総数は約百六十六万人にもなるが、アメリカ軍の死者は六万人で、残りの百六十万人の死者は南北ベトナム人だった。全体の負傷者は四百万人にもなった。

この戦争で欧米の軍需産業は空前の利益を上げた。ベトナムに投下した爆弾の量は第二次世界大戦の時の十倍以上になったという。

つまり、太平洋戦争も、その後の悲惨な朝鮮戦争、ベトナム戦争、湾岸戦争の全てが、ロスチャイルドやロックフェラーに支配されたアングロサクソンのイギリスとアメリカによって計画され、謀略で作られた金儲けのための戦争であった。戦場になったのはアジアや中東の国で、その国々の民族同士を戦わせ凄惨《せいさん》な殺し合いをさせて、その裏で膨大な利益を上げたのだ。

明治維新で作られた大日本帝国はこうした白人アングロサクソンの操り人形であり、大東亜戦争と太平洋戦争を引き起こし、膨大な数の同じアジア人を虐殺《ぎゃくさつ》した。もちろん、騙《だま》された日本兵や民間人も三百万人も犠牲になった。有色人同士を戦わせて、大儲けした最初の成功例だったのだろう。

日本人、朝鮮人、中国人、東南アジア諸国の人々は、同じように悪質な彼らに操られて、互いに憎しみあい殺し合いをさせられた犠牲者だったのだ。

右翼と左翼が日本の戦争がよかったとか悪かったとか、際限のない諍《いさか》いを続けているがそれも裏で操っている彼らの策略だと気づかなければいけない。

従軍慰安婦が戦争につきものであるのは、歴史を見れば常識である。殺人、暴行、強姦、略奪は戦争そのものなのである。今その規模や程度や善悪を議論するのは無益だ。

そのことよりも、五百年も以前から中東やアジアや中南米の有色人種の国や文化を破壊し、略奪し、理不尽極まる支配をする白人たちを排除するために、力を合わせて戦うべきだろう。彼らは有色人たちを操って、殺し合いをさせ漁夫の利を得ている。表向きは綺麗事で繕《つくろ》って私たちを騙《だま》している。

二十　アジアへの回帰

世界の古代史を大きく概観すれば、アジア、中東、中南米の有色人種たちが主として石器時代の古代から、多様な文明を育んできた。日本に起こった縄文《じょうもん》文明の源流は紀元前一万五千年に発して、そして一万年もの長い間栄えて、紀元前三千年ごろの最盛期には世界に類のない装飾土器を作り上げていた。

中国の黄河や揚子江の下流域では紀元前七千年ごろから紀元前千五百年ごろにかけて、多くの古代遺跡が発見されている。新石器時代の仰韶（ヤンシャオ）文化から竜山（ロンシャン）文化をへて、殷《いん》・周の青銅器文化に発展している。タイのバンチェイン遺跡は紀元前二千五百年ごろ栄えて、多くの美しい彩色陶器が発掘されている。そして、インド、パキスタンには紀元前二千六百年前からインダス文明が栄えていた。

そしてイラクのバビロニアには紀元前四千年にはあのシュメール文明が起こっている。その影響を受けたエジプト文明は紀元前三千年に繁栄をして、あの壮大なピラミッドや、スフィンクスを作った。

こうして古代文明の発祥地を上げて見ると、全て中東から東南アジア、そして東アジアの海沿いであった。

古代から多くの多様で豊かな独特の文明を育《はぐく》んだのは、中東からアジアにかけての海岸沿いの豊かな自然環境であった。それが何千年もの歴史を経て多くの多彩な文明を育《はぐく》んできた。文明相互の進歩発展の比較をしても、あまり意味がない。例えば縄文土器と唐三彩を比較して優劣を競ってなんの意味があるだろう。浮世絵と西洋絵画を比較して優劣はつけられない。自然が豊穣《ほうじょう》で多様であることが価値があるように、文明も同じなのだ。

アジア中東の古代文明のこの多様性と独特の発展の様相は、数千年の歴史の中に継続して多様であった。ありとあらゆる人種が住み、実に多様な神が敬《うやま》われて、様々な哲学があり、そして相互に緩やかに影響し合いながら、なおかつ自立して繁栄をしてきた。

その豊かな多様性のある自然や文明を、つい最近というべき十五世紀に突如として世界に躍り出たアングロサクソンという癌細胞とでもいうべき人々が、次々に世界を侵略し暴虐《ぼうぎゃく》の限りをし尽くし破壊していった。彼らは、世界中に植民地を作り多くの文明や民族を滅ぼし、文明の利器を用いて虐殺、破壊、略奪の限りをしている。彼らはこの先何を目指すのだろう。

人類は社会的な動物である。一人では生きていけない。互いに助け合えば住みやすく幸せになるが、憎しみ合い戦えば互いに不幸になり滅びてしまう。自然は多様で豊穣であるからこそ持続し繁栄できる。文明も同じである。破壊して奪って殺して、世界中を一つの色に染めて、その先になにがあるのか。

金融ユダヤマフィアと呼ばれる人たちは異常な犯罪者であって、その人たちが権力を握り世界を支配している。そして、世界は暴虐《ぼうぎゃく》な戦争に次ぐ戦争を強いられている。キリスト教あるいはユダヤ教という偽善的で非寛容な宗教によって世界を塗り潰《つぶ》そうとしている。このままでは、世界は破滅の道を歩んでいるとしか思えない。

多くの民族や文明が共存して、多様で穏《おだ》やかで豊穣なアジアに回帰することこそが、これからの世界を救うのではないか。アジアこそが人類の文明の揺りかごであり、古代から数万年の長期にわたり持続的に発展し栄えてきた所以《ゆえん》だ。優しさ、思いやり、助け合い、程よさ、楽しさ、愉快さ、持続できる安心感、そして山や海、そこに住むありとあらゆる動植物と共存し共生しようとする知恵、これこそが古代からアジアの人々が育《はぐく》んできた、奥深い豊かな思想である。

北アメリカで数千年繁栄して歴史を重ねていたアメリカ先住民は、多くの推計値はあるが、五千万人以上はいたと言われている。十七世紀初頭メイフラワー号に乗ってプリスマ港へ上陸した白人達によって、その後次第に広大な土地を奪われ、繰り返し虐殺されて二百年後にはほとんど絶滅に瀕《ひん》している。

彼らは好意を持って白人たちを受け入れたが、やがて彼らは牙をむいて襲いかかる白人達に土地を奪われ、度重なる戦争を仕掛けられて次第にアメリカ大陸の奥地に追いやられていく。その間に三百もの休戦条約や居住地区の分割条約を、白人達と交わしている。その条約は全て白人側から一方的に破られたという。

アメリカ先住民には、土地を所有するという概念がなかった。そこをつけ込まれて繰り返し追い払われて広大な大地を奪われていった。そして、知的で誇り高い人々であったので決して奴隷にならなかった。それゆえ白人達は彼らを虐殺したのだった。彼らはハリウッド映画の西部劇では常に暴虐《ぼうぎゃく》な悪者として描かれている。しかし、真実は正反対であった。彼らは優しくて誠意があり誠実であった。戯画化された「インディアンは嘘つかない！」というのが真実だった。

白人こそが、嘘をつき暴力を振るい、奪い、虐殺した。彼らは世界各地の有色人の国で、今もそれを続けている。

そのアメリカ先住民のイロコワ族の祈りが翻訳されており、以下に転載をした。

アメリカ先住民イロコワの祈り（**藤永茂著『アメリカインディアン悲史』より**）

おお、大いなる精霊よ。その声を、私は風の中に聞き、その息吹は、この世界の

全てに命を与える。

大いなる精霊よ。私の祈りをお聞きください。

私はあなたの前に一人の人間として、あなたの多くの子どもたちの一人として立っています。私は小さく弱い。私にはあなたの強さと知恵が必要です。どうか私を美の中にあゆましめ、赤々と焼ける夕空をいつまでも見守らせてください。

私の手が、あなたの作ったもの全てを大切にし、私の耳が、あなたの声をきき漏らさぬようにさせてください。あなたが私に教えになったことも、一枚の木の葉、一つの岩の下にもあなたがそっと秘めた教訓の数々を知ることができるように、私を懸命にしてください。

おお、私の創造者よ、私は強くありたい。私の仲間にうち勝つのではなく、私の最大の敵、私自身と戦うことができるように。

汚れのない手と、まっすぐな眼差しを持っていつでもあなたのみもとに行くことができるように、やがて、私の命があの夕焼けの空の色のように消える時、私の魂が、

なんの恥じ入ることもなく、あなたのみもとに行くことができるようにさせてください。

南北アメリカ大陸の先住民たちは、モンゴロイドで縄文人が祖先であった。彼らは千島列島からアリューシャン列島を経由して北米に住み着き、そして中南米から南アメリカに渡っていったという。

マヤ文明もアステカ文明もインカ文明も彼らが育《はぐく》んだ文明であった。このイロコワの祈りは、私たち日本人を含むアジア人の思想と同じである。大自然の海や山、森の木や草や岩や多くの動植物を神として敬《うやま》い、その中で人間も一緒に謙虚に生きていく。

晩年の栗林英一は、この縄文人の足跡を辿って、北米から中南米、そして南米大陸の最南端までその足跡を辿《たど》る旅をしたいといっている。

彼は二度目の癌を患い、治療のために手術や放射線治療を受け入退院を繰り返しながら、自らの人生を翻弄《ほんろう》して生涯拭《ぬぐ》えないほどのトラウマを与えた多くの戦争の歴史を調べ、膨大な戦争の記録を読んで、その戦争を総括する長編小説を書こうと二十年の歳月を費やした。その意志の強さとその知的な能力は驚くべきものであった。

しかし、度重なる病は次第に彼の闘志を蝕《むしば》み、その長編小説は結局完成できなかったが、彼は晩年にあの日本の戦争の真実に次第に迫っていった。そして最晩年には、この戦争が十六世紀以後のアングロ・サクソンの白人植民地主義の延長線上にあって、より巧妙で過酷になったものであったことを突き止めていた。

彼は何度目かの手術後に、意を決して中国最南端の雲南省へ四泊五日のツアー旅行へ行った。多くの医療器具や薬を抱えて制約の多い旅であったが、夫人の献身的な介護に助けられての旅行だった。

これは英一が甥の将樹氏に書いた雲南旅行の報告である。そこには豊かで多様で寛容なアジアがあった。そこで彼は見失っていたアイデンティティを発見したという。

中国の最南端の雲南省というところへ思い切ってツアー旅行に行ってきました。私が病気で不自由なので、一行と行動を共にするのに何かと大変でバスの中やホテルに何度も一人で取り残されたりしました。　でも、これまで十回ほど中国各地に行きましたが、こんなに感銘を受けた旅行は初めてのことでした。本当に魅了されてその興奮が今も続いています。

周囲は全て鮮《あざ》やかな黄土の色に染まり、民家の屋根は大きく空に反り返っています。この屋根の形は中国のどこへ行っても同じです。四千年もこの形をしていることに驚かされます。壁も柱も屋根さえもこの黄土で作られています。屋根瓦だけは高温で焼かれて黒い色をしています。そして、何よりもこの地の風景や建物や自然や空気や人々の雰囲気の何もかもが、私の肌に優しく触れて親しみを覚え、心の底から安堵するものでした。

ある人から聞いたのですが、出雲の大国主命が率いる日本の先住民族の一部が、天孫族に追われてこの雲南省に逃げて住み着いたというのです。日本の先住民族は縄文人が主体で、いわば私たちの先祖です。今私は出雲風土記とか雲南の歴史を強い関心を持って調べています。もしそうならば、私があんなに快適で安堵感を持ったのは理由のあることなのでしょう。

また北海道の津吉孝夫氏宛の手紙にはこんなことも書いている。

再度の手術後は、モンスーン地帯のアジアを中心に旅行をしてきました。ここは西欧の先進国と言われている国々とあまりの文化の違いがあります。それは何故だろうかとの問題意識があり、この頃になってようやくその回答が得られたのです。この地帯は草木が生い茂り肥沃《ひよく》で暖かい空気に覆《おお》われて、その中で自然と人間がふれあい、調和していることなのです。その一つ一つの草木に触れ合い魅了されている自分を発見したのです。

二十一　鎮魂歌《ちんこんか》

栗林英一は、二回目の癌を発症してなんども手術を強いられ入退院を繰り返して、自分に残された時間や体力が残り少ないという不安に囚《とら》われていた。そしてその不安を打ち消すように、幌筵島《ぱらむしる》の司令部で一緒だった村上氏、収容所で同室の菊池氏、すでに九十四歳になっている林俊夫氏などに、手紙を書き続けていた。林俊夫氏に励まされながらも「三人の兵士の物語」は一行も書けていなかった。その物語を作品にしようと思いついてからすでに二十年の歳月が流れていた。

林氏からの手紙の「一身を捧げるという覚悟が足らなかったのではないか」という言葉にうろたえ、悩み苦しんでいた。

しかし、あの不審な戦争を総括する作品は書けなかったが、そのために膨大な戦記を収集しそれを読み、そして夫人の献身的な助力を得て多くの取材をして、最後にはそのいかがわしい正体をほとんど突き止めていた。ただ、重い病に侵され闘病する彼には、そのテーマの大きさと重さに耐えて、その作品をまとめるのは荷が重すぎたのだった。

彼は毎年春になると、夫人と一緒に千鳥ヶ淵の桜を見ながら戦没者慰霊塔に手を合わせに行った。

以下はその様子が書かれた書簡である。

初めの書簡は林氏宛で、そのあとは菊池氏宛のものである。

この菊池氏宛の書簡には、他の膨大な量の書簡には全く書かれていなかったことが、二行ほど見つかった。

誰にも言えなかった復員後の英一の悲惨《ひさん》な苦しみの一端が垣間見得ている。

林俊夫氏あて書簡

なんとなく日常が不如意《ふにょい》になり、これも病気のせいかなと思っていたのですが、家内に「花見に行こう！」と誘われて二年ぶりに花見をすることになりました。

八重洲口を出てタクシーで九段下に行きました。そこで車を降りて、いつものコースを歩きます。武道館の脇を通ると大学の卒業式をやっていて、華やかに賑わっています。公園の周りは中学生達がランニングをしていました。自分もあんな時があったとふと思いました。北白川宮の記念館を横に見ながら土手沿いの松林の道を歩きます。交番を右折すると、そこから二キロの桜並木が千鳥ヶ淵です。

病気になってから毎年春になると夫婦で決まってここへ花見にきます。途中には、無名の戦没者を祀《まつ》った「千鳥ケ淵戦没者墓苑」があり、そこに花を添えて手を合わせて黙祷《もくとう》をします。

いつもそうですが、また今回も心の中で「丸山！」と呟《つぶや》きます。ホロリと涙がこぼれました。丸山は私の職場の後輩でした。大きな口をしてバカ正直なほどに誠実な彼は私に懐《なつ》いていて、頼まれて歌を教えました。雄物川の夕暮れの河原で「叱られて」「お菓子の好きなパリ娘」ロシア民謡などを何度も何度も一緒に歌ったのです。

彼はニューギニアで死んだらしいのですが、ほとんど詳細は分かりません。もちろん遺骨もないのです。そんな人たちがなんと二百万人もここに眠っています。

その戦死者の多くは南方戦線に行った兵士たちです。私は入隊時に奇数番号で北方に行くことになったのですが、偶数であったなら南方に回されてここに眠ってるのだと、毎年思いを巡らします。私の秋田の部隊の半分はここで死んだのです。

それから靖国神社に行きます。敗戦後五十年も経っているので、部隊記念の樹も大木になっています。そこの砂利を踏んで歩くとそのリズミカルな音が記憶を呼び覚まし、無意識のうちに、私はあの「歩兵の本領」万朶《ばんだ》の桜の歌を口ずさんでいました。

万朶《ばんだ》の桜か襟の色　花は隅田に嵐吹く　大和男子と生まれなば　散兵綫《さんぺいせん》の花と散れ
万朶《ばんだ》の桜か襟の色　花は吉野に嵐吹く　大和男子と生まれなば　散兵綫《さんぺいせん》の花と散れ

ザクザクと勇ましく行進する軍靴の音が頭に鳴り響いていました。思わず心臓の鼓動が高まります。これは私の肉体に深く刻まれた刺青のようなものです。

その靖国神社の資料館で戦闘機隼《せんとうきはやぶさ》の特攻機や人間魚雷の前に立つと、想像を拒もうとする理性と込み上げてくる情動に翻弄されて、私はこらえきれずに必ず嗚咽してしまうのです。

あの惨《むご》たらしい戦地を彷徨《ほうこう》した私たちの心情は、なかなか他人に理解されることはありません。

南方から奇しくも生還した人も、戦死した友を弔うために一人で現地を訪れて、涙を流して帰ってくるのです。

菊池氏あて書簡

あなたの手紙をいただいて一か月も経ちました。あなたが東京の近くにいることに驚きました。私の中のあなたは北千島、そして下三十人衆町の人でした。これまで私は遠い北のほうを見ていました。

考えてみると、これまで貴方に私のことを何一つ話していません。

帰国後になんども自殺に失敗して、幽霊のようになって、真夜中の下三十人衆町にたどり着いたのです。その時貴方のご母堂に助けられて手厚い介護を受けました。そして黒沢尻駅前の食堂で貴方を発見した時には、恐ろしいものを見たように怯えて一目散に逃亡してしまったのです。あれから六十年もの歳月が経っています。

私は癌を宣告されて以来、あの戦争体験をどうしても作品に書き残そうと決心して、膨大な資料などを収集してきました。しかし、その仕事の重さに耐えられなくなって、周囲に満州やシベリヤにいきたいと他愛のない我儘《わがまま》を振りまいています。入院を五回もして今も毎日通院をしていますが、激痛が続くのです。

先日、千鳥ヶ淵に花見に行ってきました。千鳥ヶ淵霊園で戦没者に手を合わせてきました。私を兄のように慕っていた丸山のことを思い出します。そのあとの喫茶店で家内が「今年は涙が落ちないでいいよね」と言いました。その途端に私は泣きだしてボタボタと涙を落としたのです。

いつもだとそこから靖国神社をお参りして、上野公園に回るのですが今年はやめにしました。最近は体も不調になって、先日デパートの買い物中に急にめまいがして倒れてしまいました。耳元で「医務室に運ぼう」「救急車を呼んで！」の声が聞こえていました。三時間ほどしてようやく家内が現れました。二十年近くこんな心配をかけ続けています。もう生きていてもしようがないか、と病室の鏡に映る自分の顔を見るけれど、心は乾いて涙も出ません。日本の軍隊や戦争を批判する作品を書くのも、どうでもいいと思えてきます。

その後、通院している病院の担当医はオペラが好きでフランスまで出かけています。彼は私の話を聞いて、「シベリヤでも中国でも何処へでも出かけてらっしゃい」と英語の診断書を書き上げてくれました。でも私はもう怖気付《おじけづ》いてしまってます。

今自宅から空を見ると、纏綿《てんめん》たる情緒が綿雲のように流れて涙を誘います。体に染み込んだ童謡も軍歌も心の傷も、消えることはなく墓場まで持っていくのです。

少年時代に小林多喜二や幸徳秋水、大杉栄などのアナーキストになるのを夢見て、親兄弟を捨てて満州に飛び出したのは十九歳の頃でした。大連とシベリヤ抑留の四年間が私の人生の中で最も輝いて見えるのは当然だったのでしょう。

病身の私の生を支えてきた小説は「三人の兵士の物語」を書くことでした。そこでは、私はロシアに残ってビーカーの妹と結婚して、そこで死にます。一人娘のワーリャは繰り返し聞いていた父の故郷の秋田や石巻を訪れて、北上川の河畔から遥かな父への想いを独白する、というものです。

この物語も未完に終わるに違いありません。

歴史や戦争を批判することなどできない一人の戦争犠牲者の悲劇というほかはありません。

激動の時代を走り抜けた最後のアナーキスト、栗林英一は英子夫人、ご子息三郎氏に看取られて人生を閉じた。

市井に埋もれた偉大な人であった。

あとがき

私がこの本を書くことを青山ライフ出版から依頼されたのは二月のことだった。よく考えもせずに引き受けたのだけれど、栗林英一氏のことは何も知らなかった。引き受けてから少々無鉄砲だったかと思った。

最初の打ち合わせの時に、この出版を企画した（株）ヴィサージュの坂川圀明氏から、栗林氏の残した膨大な書簡と収集した資料を見せていただき、そして栗林英一氏の人柄とその過酷な人生の一端をお聞きした。

その六百通にもおよぶ書簡が私の机の上に積み上げられて、それを毎日読むことから始めた。幸いに時系列に仕分けがしてあって、差し出した人の名前も分類してあった。

その書簡には栗林英一氏の幼少の頃から最晩年に至るまでの、折々の思い出や苦悩や出来事や、多くの読書をした感想や、彼の哲学や世の中の様々な事件や、映画の感想に至るまでの膨大なことが書き留められていた。差し出す相手やその手紙を書いた時期、本人の体調や気分で七色に変わる文章だった。そしてあるものは比較的まとまって書かれているかと思えば、同じ内容のことが断片的にあちこちの手紙に食い違って書かれていることもあった。特に昔のことは、記憶が曖昧になっているのだろう。

最初の一か月はこの全ての書簡を読むことに集中をした。繰り返し五回は読んだだろうか。重い内容のことが多く、夜に読むと寝付けなくなるので、それからは昼間にした。

一か月ほど経って、私の頭の中にようやく栗林英一氏の人生がまとまったイメージとして立ち上がってきた。栗林英一氏は大きな存在として私の前にあった。研ぎ澄まされた感性の持ち主で、稀《まれ》に見る知性と能力を持った人であった。そして、私は困難であってもこの作品を書き上げてみたいと思うようになった。

そして私が最も興味を持ったのは、栗林氏が誕生したのは大正十二年（一九二三年）で、日本という国家が大正モダニズム、デモクラシーと呼ばれた小春日和の時代の終焉《しゅうえん》を迎えた頃であって、ここからあの暗い昭和恐慌を経て戦争への道へ転がり落ちる入り口にあったことだった。

栗林英一氏の青春は満州渡航、徴兵、占守島の戦い、シベリヤ抑留と日本の戦争とまさにぴったりと同期していた。そして復員後も戦後の高度成長時代の中で翻弄《ほんろう》されながら、成功をして豊かで繁栄したのも、日本社会のその後と見事に同期していた。

高度成長期が終焉《しゅうえん》して社会が安定期に入り、様々な問題を抱え始めた頃に、彼も癌に侵されて深い苦悩の中に入っていった。

この彼の人生の軌跡は、日本という国家の戦争と敗戦後の復興の歴史の中にあった。それが私の強い興味を引いたのだった。

彼は幼少期から、プロレタリア文学やアナーキストの書物を多く読んでおり、徴兵されて戦争に翻弄《ほんろう》され生死の境をさまよいながらも、その批判的精神を失わず、反抗し抵抗をして生き通してきた。

不治の病に侵されながら、戦争という怪物の正体をじっと見つめ、それを見極めようと死ぬまで努力をし続けた人だった。その頃までには、多くの反戦、反権力、反軍を目指したプロレタリア、アナーキスト達はほとんど転向して滅びてしまっていた。彼はまさに最後のアナーキストであった。

彼の晩年はその戦争を総括する「三人の兵士の物語」という作品を書くために、癌と戦いながら不屈の意志で、多くの戦史を調査し、戦争体験者の取材を最晩年まで繰り返していた。そして、膨大な書簡と資料を残して、その念願の作品を一行も執筆せずに亡くなった。

栗林英一氏が残した書簡とその生きてきた軌跡を時系列にまとめて書き上げてみたが、その中には彼が書きたくて果たせなかった日本の戦争のいかがわしい真相が、見事に表現できていることを知った。彼は自分の人生と身をもって、あのいかがわしく残酷でいやらしい日本の戦争を総括して、告発したのだった。

奥様の栗林英子様、ご子息の栗林三郎様、（株）ヴィサージュの坂川図明様には、なんどもの取材に協力してもらい多くのアドバイスをいただきました。ここに厚く御礼を申し上げます。

あとがき

参考文献、資料一覧

・『昭和東北大凶作』山下文男著　無明舎出版
・秋田魁新聞記事
・ビジュアルワイド『新日本風土記　5』秋田県（株）ぎょうせい
・『アカシアの大連』清岡卓行著　講談社文庫
・『近衛文麿の戦争責任』中川八洋著
・『持丸長者（戦後復興編）』広瀬隆夫著
・『私のシベリヤ抑留体験記』高橋秀雄著
・『上海にて』堀田善衛著
・『堀田善衛上海日記』堀田善衛著　紅野謙介編集
・「ロシア参り頻発」朝日新聞記事
・シベリヤに残された八十四歳　朝日新聞記事

・『予定時間』林京子著
・『上海』『ミシェルの口紅』林京子著
・『閉ざされた言語空間　占領軍の検閲と戦後日本』江藤淳著
・『一召集兵の体験した南京大虐殺　わが南京プラトーン』東史郎著
・平民社新聞記事　幸徳秋水著
・『玉砕』小田実著
・『ゆきゆきて　神軍』原一男監督記録映画
・『うさぎたちが渡った断魂橋』山田豊子著　新日本出版社
・『アメリカインディアン悲史』藤永茂著
・『天皇の金塊』高橋五郎著
・『日本の一番醜い日』鬼塚英昭著
・『アルバム・シベリヤの日本人捕虜収容所』朝日新聞社
・『満州国の幻影』毎日新聞社

・『写真集［満州］遠い日の思い出』一色達夫、宇野木敏・編
・『蟹工船・党生活者』小林多喜二著　新潮文庫

栗林英一

大正 12 年、秋田県北秋田市土橋生まれ。

秋田日満高等工業学校卒業。大連市の日系企業に就職、秋田に帰郷したが、間もなく徴兵され、北千島守備隊に配属。

ソ連軍と戦闘をし、捕虜となりシベリヤに抑留される。

昭和 24 年に秋田に復員。秋田魁新聞社の記者となる。
その後上京しエバーブラック社へ入社、そしてルプレザンテ社を創立。仕事ぶりは超人的であり、市場調査、東芝メゾンの販促企画を提案、不動産投資、アパート経営、レストラン経営、カルチャースクールを運営。

激動の時代を走り抜けた最後のアナーキスト
風の中の真実を聞け
青息

著　者　栗林 英一
発行日　2019 年 2 月 25 日
発行者　高橋範夫
発行所　青山ライフ出版株式会社
〒 108-0014
東京都港区芝 5-13-11 第 2 二葉ビル 401
TEL：03-6683-8252
FAX：03-6683-8270
http://aoyamalife.co.jp　info@aoyamalife.co.jp

発売元　株式会社星雲社
〒 112-0005
東京都文京区水道 1-3-30
TEL：03-3868-3275
FAX：03-3868-6588

ISBN 978-4-434-25372-0